宋七家詞精選語譯

黃兆漢 編著

商務印書館

宋七家詞精選語譯

編　　著：　黃兆漢

責任編輯：　王卓穎

封面設計：　涂　慧

版式設計：　張　毅

出　　版：　商務印書館（香港）有限公司

　　　　　　香港筲箕灣耀興道3號東匯廣場8樓

　　　　　　http://www.commercialpress.com.hk

發　　行：　香港聯合書刊物流有限公司

　　　　　　香港新界荃灣德士古道220-248號荃灣工業中心16樓

印　　刷：　美雅印刷製本有限公司

　　　　　　九龍觀塘榮業街6號海濱工業大廈4樓A室

版　　次：　2022年1月第1版第1次印刷

　　　　　　© 2022 商務印書館（香港）有限公司

　　　　　　ISBN 978 962 07 0601 1

　　　　　　Printed in Hong Kong

謹以此書紀念一代詞學大師

饒宗頤教授

（1917—2018）

本書取材自戈載《宋七家詞選》

本書《宋七家詞精選語譯》取材自清戈載（1786—1856）編的《宋七家詞選》，或可以說是從後者衍生出來的。它的內容 —— 選詞完全本於戈氏書，不過，只選錄其三分之一。除此之外，本書與戈書最大不同的是，其中所選的詞作都譯成現代語體文。這自然是本書最大的目的和最明顯的特色。如果刪去這些語體譯文，這本書是絕對無價值的，同時亦不值得存在的！

為甚麼我特別挑選戈載這本書作為我研讀和語譯的對象呢？最根本的原因是，它所選的七家（周邦彥（清真）、史達祖（梅谿）、姜夔（白石）、吳文英（夢窗）、周密（草窗）、王沂孫（碧山）、張炎（玉田））都是我深愛的大詞家，尤其是周、姜、吳、王、張五家都是我曾經努力研讀過和有所著述的。但是，這並不是最重要的原因。最重要的是，戈載的《詞選》所選的詞 —— 七家的詞作「句意全美，律韻兼精」（戈氏語），最符正

軌，最合雅音，不獨文字好，意境好，而且精於律韻；不只可以作為文章讀，兼且可作為樂章唱。換言之，入選的作品有文情，同時亦有聲情，而且都達到最高的境界。愛好讀詞和喜歡填詞的人士，只要他們善學活用這些選詞，不愁欣賞不到宋詞的精妙處，亦不怕寫不出一些合格甚至優美的詞篇。

曼陀羅華閣本《宋七家詞選》

本書所採用的《宋七家詞選》是光緒乙酉年（1885 年）的曼陀羅華閣重刊本，內有道光十六年（1836 年）王敬之序，光緒十一年（1885 年）金吳瀾「杜小舫方伯校注戈選《宋七家詞》序」及其題面；又有光緒丁丑年（1877 年）杜文瀾「宋七家詞選目錄」末尾的「識語」。根據以上的文字材料，可知戈氏的《詞選》大抵成書於十九世紀三十年代。至 1836 年（道光十六年）付梓，有王敬之的序文。王氏序文對此書可謂推崇備至，他說：「戈子順卿，以詞學提倡江左者，三十年矣！其為詞也，調歸宮譜，字嚴起煞，講明切究，遙繼紫霞、玉田，而匯諸家之能事，暢南宋之宗風；則又結響清超，舒情綿渺，非淺學所可望見。能為雅音者，庶幾其知雅音。今所選七家詞，蓋雅音之極則也，律不乖迕，韻不龐雜；句擇精工，篇取完善，學者由此求之，漸至神明乎規矩，或可免于放與拘之失，而亦不至引誤筆以自文，效凡語以自安乎！」翌年，即 1837 年（道光十七年），「刊於袁公路浦」（杜文瀾識語）。後來，「其版已燬

劫火中」(仝上)。至 1877 年(光緒丁丑年)杜文瀾為戈書作校注,打算刊行面世。杜氏說:「今為重刻,敘次字句,悉仍其舊,惟原本每卷有戈氏跋語一篇,似稍煩瑣,本擬刪之,乃欲為學詞者多所取法,因斟酌增益之,以冀醒目。」可見杜氏除了校注之功外,還作了不少其他工作。可惜書未刊行之前,杜氏已辭世。

1885 年(即光緒十一年)金吳瀾於其「杜小舫方伯校注戈選《宋七家詞》序」很清楚的指出杜氏的貢獻,他說:「瀾(即金吳瀾自謂)質淺學薄,不能如方伯之精造,而愈不敢以倚聲謂小道矣!是書刻未竟,方伯遽歸道山。瀾因補刻成編,以廣流傳,以成其未竟之志,庶可公諸同好,知雅音之正軌,盡此選注中,不致歧誤來學云。」金吳瀾所說的「補刻成編,以為流傳」之本子即是曼陀羅華閣重刊《宋七家詞選》的本子,亦即是他題面的本子。

本書所用的《宋七家詞選》版本

現時我所用的就是金吳瀾所說的本子,但不是原本,而是二十世紀後半期香港文昌書局的影印本。

說到這個曼陀羅華閣重刊的《宋七家詞選》影印本,我要在這裏告訴大家一個故事,一個真實的故事。本來這本書不是我的,而是屬於先師饒宗頤教授(1917—2018)的。事情是這樣:於上世紀八十年代初期,我執教於香港大學中文系,由於

我當時所開設的一個科目——「專家詞」（我主講《白石詞》），頗為學生歡迎，系方安排我多開一科「歷代詞」，即是由唐至清代的詞。我除了盡量研讀歷代詞的名篇鉅製外，為了將這科講得好一點，我多次造訪饒老師，親聆教誨。有一次我無意中在他客廳內的一排書架上發現這本書，覺得很有用，於是對饒老師說：「饒老師，這本書對我講的『歷代詞』很有幫助，我可否借用一段時期？」饒老師答道：「好呀！」如是者我便借用了幾個月。等到我將書還給他的時候，饒老師說：「如果你認為有用的話，你便 keep 住先喇！」（饒老師與我談話的時候，很多時都愛用英文單字的。我相信原因不外兩個：這是香港人的日常習慣；或可能我是「番書仔」出身，而且在外國讀書多年，偶爾聽聽英文是較為親切的。）這樣一句「keep 住先喇」便使到我把這本書一直 keep 到今時今日！

　　我覺得這是一種緣分。自 1998 年 7 月提早退休以來，我曾將我和拙荊曾影靖女士所藏的接近八千冊書籍分七八次捐贈給澳洲的兩所大學（西澳的 Murdoch University 和塔斯曼尼亞的 University of Tasmania），很多有用和較為珍貴的藏書我都棄如敝屣，但這本向饒老師借來的《宋七家詞選》就一直不願意送出，唯一的理由是，它是饒老師肯讓我「keep 住先」的，並不是它是甚麼珍貴的版本，上世紀六七十年代的售價絕不會超過港幣十元！故此，我認為能夠將這本書 keep 在我的身旁達四十多年之久絕對是一種緣分，而這種緣分又與饒老師有着非常密切的關聯。

重拾塵封已久的研究計劃

我 1998 年提早自香港大學退休後，回到西澳隱居，當時我為自己訂下了一連串的學術研究計劃，其中一個是注譯《宋七家詞選》。由於它收錄的詞作多至 480 篇，我預計完成整個計劃，如果順利的話，需要大約三至四年時間，也可能要分兩冊甚至三冊出版。這也無所謂了，因為當時我有的是時間。但最苦惱的是，我缺乏足夠的參考書！因此，我決意與曾經在香港大學隨我讀高級學位的一位研究生合作，由她作注解，而我做語譯的工作。這樣，或會將計劃的時間縮短，同時亦可減少自己的辛勞。本來，我這位學生是同意合作的，可是，基於多種原因（其中之一是工作太忙），過了一段時間，她一點成績也拿不出來！我惟有放棄這個合作計劃，同時，又因忙於別的事務，以致我終於完全擱置了這個計劃。本來注譯《宋七家詞選》這個念頭已完全置諸腦後，完全忘卻，那麼，基於甚麼原因我又重彈舊調呢？是疫情使然！說得明確一點，是由於新冠肺炎大流行的疫情促使我重提舊事，使我完成擱置了二十多年的研究計劃！

自 2019 年 12 月開始，世界各地初步發現新冠肺炎病毒，兩三個月之後，疫情大流行，至 2020 年 3 月已經變得十分嚴峻。我們在澳洲亦深受影響，需要謝絕一切應酬，且除了到超市購買日常用品外，差不多不敢踏出家門一步，只呆在家中，日間除了看電視節目之外，便是隨隨便便的看看書，或寫寫畫。後來，覺得如此下去，不是辦法，於是決心做些嚴肅的

學術研究工作。結果我決定研讀我特別鍾情的《荀子》。埋頭埋腦，經過三個月的苦讀，至 7 月中，我似乎讀通了《荀子》，隨着，我立下決心，要為《荀子》寫一本書，題目是：《內聖外王 —— 荀子的修身與治國思想》。每天工作三四小時，風雨不改，持之有恆，終於在同年 11 月中旬我將書寫好！三百多頁的原稿紙，十四五萬字的心血結晶已堆在眼前，多興奮啊！當時以為真的要休息一段頗長的時間了，誰料過了幾天，職業病又發作，我要找尋另一個研究計劃！這回不如研究文學吧。一涉及到文學，對我來說，就一定是詞了，因為詞是我過往數十年不斷研究的範圍。我沒有忘記《宋七家詞選》這本書 —— 一本饒老師借給我或送給我的一本書；而且這本書一直都放在書架上，平日偶爾總會拿來一讀的。

本書內容提要

但這一次我要稍為改變二十年前的研究方向 —— 注解和語譯，原因是在過往的二十年中，已有不少研究這七位詞家的專書出現，而且我亦對其中五家（清真、白石、夢窗、碧山和玉田）作過研究，對他們的部分作品做過注解和語譯的工作，所以決意將研究形式稍為改變一下。首先是將原有的內容（480 首詞）壓縮至三分之一，只研究 160 首詞；二是取消注解部分，只保留語譯部分。這是本書名為《宋七家詞精選語譯》的最大原因。所謂「精選」是說從 480 首詞中精選其中的三分

之一；「語譯」便是將這 160 首詞翻譯成現代的語體文之意。
從以下的簡表可看出所謂「精選」的情況：

	現存詞	《宋七家詞選》	《宋七家詞精選語譯》
清真詞	132 首	59 首	20 首
梅谿詞	112 首	42 首	14 首
白石詞	84 首	53 首	18 首
夢窗詞	340 首	115 首	38 首
草窗詞	152 首	69 首	22 首
碧山詞	65 首	41 首	14 首
玉田詞	300+ 首	101 首	34 首
總共	1185+ 首	480 首	160 首

　　實際上，所謂「精選」並不難，因為據戈載自己說，書中
所選的詞篇盡是「句意全美，律韻兼精者」，只要隨便的從中
挑出需要的數目，都是佳製。不過，當我挑選之時，都習慣上
參考多種有名的古今《詞選》，然後加上我個人的判斷或愛好，
纔作最後決定；同時也看看我對其中五家的作品有否語譯過，
因為這樣一方面是有所準繩，（當日選詞亦慎重參考過不少詞
選書籍的）另一方面可省卻不少工夫。所以，其實要語譯的只
不過是梅谿和草窗二人的作品，前者選 14 篇，後者選 22 篇，
共 36 篇而已。將這 36 篇詞作翻譯成語體文，不徐不疾，不需
四個星期已辦妥。餘下最重要的工作是將我已語譯的其他五
家的詞篇與戈載的《詞選》核對，看看有沒有不符合原文的地
方，因為戈氏書是一個版本，而昔日我語譯時是另一個版本，

版本與版本之間往往在文字上是有差異的；又因為文字上有差異，因而引致意思上有差異。現在語譯時當然一切以戈氏書為準。這一核對和修訂的工作花費我不少時間，可知所涉及的詞作幾達 130 篇之多！

衷心感謝先師饒宗頤教授

由於語譯那部分過往已做了泰半，所以整個計劃，由選詞、語譯到核對、修訂……等等不到三個月時間，已基本上做好，一切都很順利。這是在我的記憶中完成得最快的一本書！望望書桌上饒老師的遺照，我不禁心裏對饒老師說聲「謝謝」。相信這一定是饒老師在天之靈對我照顧有加所致呢！最初是饒老師借給我戈載這本書，現在是老師看着我完成這本《宋七家詞精選語譯》。這一切都是美妙的緣啊！

在過往的三年中，每當我在學術研究上或撰著上遇到困難，以至氣餒時，我習慣地望望老師的遺像，看見他總是很和藹的望着我作「永恆的微笑」，我即時便感覺到有一種無以名之的力量鼓勵我，推動我，使我重新振作，繼續堅持我的工作，直到完成為止！在過去的十幾個月中，新冠疫情大流行下，我之所以能夠完成一本又一本的著作，全賴老師給我無言的鼓勵和默默的照顧。多謝老師！

這篇序文完結之前，有幾點要向讀者交代：（一）原文一律依照戈載書（即曼陀羅華閣重刊本）抄錄；（二）詞人與詞

篇的次序亦依照戈氏書；（三）句讀完全根據戈氏書，只是將符號現代化，即「、」表逗，「，」表句，「o」表韻；（四）字體亦盡量依戈氏書，如「谿」字照作「谿」，不改作現代常用的「溪」；（五）每組詞作之後，即每個詞人的作品之後，附有節錄的戈氏「跋語」，以有助於讀者了解該詞人之詞風；（六）如原文有顯著的手民之誤，無論是錯字或句讀符號之錯誤，則務必改正；（七）語譯時，沿用以往我譯詞的慣例，採用「半解半譯」之方式，以方便讀者了解和掌握原文之本意。有時，為了清楚起見，原文所用的典故亦作扼要或精簡的顯示。最大的目的是要求「達」——達意。

本書的編寫目的完全是為了方便年輕人和詞學初入門的讀者，希望他們透過本書，可窺見宋詞七大家的一些「句意全美，律韻兼精」的作品，從而可欣賞到宋詞的騷雅精妙之處！戈氏編《宋七家詞選》之時，曾經填寫過一篇《湘月》說出他的心聲，現在我便以此詞作結，表示我的感受與他大致相同，至少差異並不太大：

樂章舊譜，論源流本是，騷雅遺意。紫韻紅腔但賦得，秋月春花情思。玉尺難尋，金鍼莫度，渺矣宮商理。茫茫煙海，古音誰探芸笥。

多少白雪陽春，靈芬尚在，把吟魂呼起。作者登壇算廿載，一瓣心香惟此。調協笙簧，律精銖黍，始許稱能事。詞林傳播，正聲常在天地。

本書之所以能夠出版面世，我要特別感謝商務印書館（香港）有限公司，他們願意為拙書付出不少心血和時間。同時，我要向傳媒界傑出人士、現任灼見名家傳媒社長文灼非先生致衷心謝意。文先生於上世紀八十年代初在香港大學中文系讀書，成績驕人。他在拙書的出版上，擔當了一個不可或缺的穿針引線的工作，沒有他的熱情幫助，很可能找不到一間那麼好的出版社。最後，我要藉着這個機會向拙荊曾影靖女士言謝。她為我將全書電腦打字、校對，往往令到她筋疲力竭，寢睡不安，我心裏絕不好受，很過意不去。她實際上是我在學術研究和藝術創作兩方面的最大支持者，也是最大的動力，沒有她的鼓勵和支持，我可能連一點成績也沒有！

　　我出生於 1941 年，到了今年，以最簡單的方法計算，我已八十歲了，至少已踏入八十歲了，就以此書作為自壽之作吧。

黃兆漢

2021 年 8 月

目　錄

《夢窗詞》

216

《玉田詞》

導論

宋七家的詞風、影響及其在詞史上的地位

「句意全美，律韻兼精」的七家

清戈載（1786—1856）編的《宋七家詞選》自道光年間（1821—1850）面世以來，逐漸流行於詞壇，為詞學的愛好者和專家所重視，更成為專研雅詞及追求詞學聲律美的人士所奉讀，甚至必讀的詞選本。戈氏於「題辭」說：

> 「詞學至宋盛矣備矣，然純駁不一，優劣迥殊，欲求正軌，以合雅音，惟周清真、史梅谿、姜白石、吳夢窗、周草窗、王碧山、張玉田七人，允無遺憾。暇日擇其句意全美，律韻兼精者，各為一卷，名曰《七家詞選》。」

這明顯地表示戈氏認為有宋一代，能夠按正軌和合雅音的詞人只有周清真等七人「允無遺憾」，所以他從這七人的詞作中「擇其句意全美，律韻兼精者，各為一卷」，共七卷，集而成書，這就是《七家詞選》的由來。所謂「句意」是指琢字煉句和意境營造兩方面；而「律韻」是指格律和聲韻兩方面。換言之，「句意」指的是文字技巧；而「律韻」指的是音樂性質。

從文學角度去看宋詞，「句意全美」自然重要，因為詞畢竟是文學的一種形式。但詞不單止是一種文學形式，它本來是須合樂的，是用來歌唱的，所以一定要顧及它的音樂性。詞的初期，甚至遲至宋代，詞便是曲詞或說曲子詞，即是用來合曲調的歌詞。既然是曲詞了，它又怎會不顧及到音樂呢？它的作者又怎會不去追求它達到「律韻兼精」呢？至於能否達到是另一回事。我認為戈氏的《宋七家詞選》與當時及後來的詞選本最不同的或最突出的便是這一點，即「律韻兼精」這一點。所以於光緒年間（1875—1908）重刻戈氏書的杜文瀾（1815—1881）大力推崇這本《詞選》說：

「宋詞選本極多，清空穠摯，各取雅音，而求其律細韻嚴，則惟戈氏此選為善本。」

故此，「律細韻嚴」便是戈氏《詞選》的最大特色。

但我們或者會有這樣的一個疑問：難道除了周清真等七位詞人之外，宋代便沒有其他詞人的作品有「律細韻嚴」或如戈氏自己說的「律韻兼精」的特色嗎？比他們早的如張先（990—1078）、晏殊（991—1055）、歐陽修（1007—1072）、柳永（987—1053）、晏幾道（1037—1110）、秦觀（1049—1100）、賀鑄（1052—1125），與他們同時或稍後的，如万俟詠（生卒年不詳）、朱敦儒（1081—1159）、陸游（1125—1210）、范成大（1126—1193）、高觀國（生卒年不詳）、陳允平（生卒

年不詳)、劉辰翁(1232—1297)、蔣捷(約 1245—1305 後)等人就沒有「律韻兼精」的作品嗎?當然不是!那麼,這些人的作品是否沒有「句意全美」的呢?亦當然不是!既然兩者都不是,那為什麼只選周清真等七人的作品呢?況且,這七人的作品亦非盡是「句意全美」和「律韻兼精」的(戈氏的題辭已透露了這一點)。那麼,道理何在呢?

我認為最關鍵性的是,這七位詞家都是「格律派」詞人——以姜白石為始祖,同時以周清真為遠祖的「格律派」詞人!換言之,他們(指其餘六人)都是從周清真產生出來的「格律派」詞人,無論「律韻」和「句意」兩者都直接受到周氏的影響,而且都是在詞的創作上有鉅大成就和深遠影響的詞家。他們在詞史上的地位都可以直追周清真!雖然從時代上說,周清真最早,繼之是姜白石和史梅谿,稍後的是吳夢窗,晚出的是周草窗、王碧山與張玉田三人,但他們七人都是詞史上的表表者,就算最為晚輩的張玉田,其成就和影響,比之周清真,亦毫無遜色,歷元、明、清三代,甚至民國時代,六七百年來的詞壇,無不受其影響。他們六人受清真的影響是事實,但他們各有不同的詞風,不同的成就和貢獻,也是事實。這些客觀的事實,是不容我們不關注的,更不容我們忽視的,否則,便對他們不公平了。

為了清楚了解這七位詞家的詞學源流，我為讀者作了一個簡表如下：

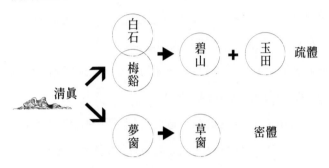

從這個簡表我們可以看到「格律派」的始源是可以追溯到周清真，到姜白石便實際上創立了「格律派」，而成為此詞派的開山祖。白石的詞風影響了同時代的史梅谿。我們可以說，梅谿是白石的羽翼。白石的詞風（或加上梅谿的詞風）影響後來的碧山與玉田，又在某程度上影響夢窗與草窗。白石的詞風較清真疏朗，所以白石、碧山和玉田的一派可視之為「疏體」；而夢窗與草窗的詞風較為綿密，故他們一派可稱之為「密體」。

詞風的「疏體」與「密體」

此際，我不打算細說七位詞家的詞風（此點下文自有較詳細的談論），而只着眼於「疏體」與「密體」兩詞的詮釋和對兩體的詞家在詞學上的承傳稍作交代。「體」自然是指詞體，是「體制」的體，是不須多作解釋的。那麼，「疏」和「密」是

甚麼意思呢？「疏」是疏朗、疏快、疏宕之意，亦即是「姜張詞派」常掛於口的清空、空靈的意思。戈氏以「綿麗」形容夢窗詞，而晚清四大詞家之一的況周頤（1859—1926）在其《蕙風詞話》以「沉着」詮釋夢窗詞的「縝密」詞風，故大抵「綿麗」與「沉着」兩詞可指引我們對「密」的理解。說到底，「疏」指清空，「密」指質實。張玉田的《詞源》說：

> 「詞要清空，不要質實。清空則古雅峭拔，質實則凝澀晦昧。姜白石詞如野雲孤飛，去留無跡。吳夢窗詞如七寶樓臺，眩人眼目，拆碎下來，不成片段。此清空質實之說也。」

故此，「疏」＝清空，「密」＝質實。詞的「疏體」是始於白石，而「密體」是始於夢窗。夢窗的「密體」已跳過白石，而上追清真，再經過自己轉化、創新得來的。

草窗的詞原本出自白石，但他同時親自向夢窗學習。草窗詞的清雋典雅源自白石，而其麗密精工則取法夢窗，所以草窗詞是白石詞與夢窗詞的結合體，將清空（白石）與麗密（夢窗）兩種不同的詞風融為一體，而終成為他自己獨有的「清麗」詞風。但是，與碧山、玉田相比，草窗的詞風是相對地較為縝密的，是較接近夢窗的，所以我將他歸入「密體」一路，而與夢窗同屬一派。

至於碧山與玉田，便毫無疑問，是屬於「疏體」一路的詞風了。張玉田明確地指出「碧山……工詞，琢語峭拔，有白石

意度。」周濟（1781—1839）說：「中仙最近叔夏一派。」戈載說：「白石之詞，空前絕後，……而能學之者惟中仙。其詞運意高遠，吐韻妍和。其氣清，……其筆超，……是真白石之入室弟子也。」可見碧山詞直是從白石詞而來的！說到張玉田，他的詞風無疑出自白石，而較諸白石則更為清空。戈載說：「學玉田以空靈為主。」此所謂「空靈」即玉田形容白石之「清空」。「空靈」與「清空」實質上是沒有分別的。元代文學家仇遠（1247—1326）說：「《山中白雲詞》意度超玄，律呂協洽，當與白石老仙相鼓吹。」從仇遠短短的幾句話，可清楚地看出玉田之詞風實與白石相若。晚清文學家劉熙載（1813—1881）在其《藝概》說：「張玉田詞，……大段瓣香白石。」可見玉田之「疏體」詞實從白石而來，是至為明顯的。

我們將在下面較為詳細地談論七家。（依出生年先後為序）

一、周清真（1056—1121）——「最為詞家之正宗」

清真博涉百家之書，是一位頗有學問的詞人，於宋神宗元豐年間（1078—1085）初至汴京時曾獻《汴都賦》萬言，得神宗賞識，擢為太學正。其後一直在京師及地方多處任官。徽宗崇寧年間（1102—1106）任大晟府（皇家官立音樂機關）提舉，負責審定古調之外，更發展引、近、慢曲，大量豐富了詞調的創作。在大晟府之內，除清真外，自然有其他詞人，如晁

端禮（1046—1113）、万俟詠、田為（生卒年不詳）則較為著名，但成就最高、影響最大的是清真。他們被後世稱為「大晟府詞人」，而他們的作品被稱為「大晟府詞」。這些詞人及他們的作品在相當程度上影響後來的「格律派」詞人，即姜白石、史梅谿及其以後的一羣詞人，如吳夢窗、周草窗、王碧山和張玉田等等。

清真有詞集名《片玉集》，又名《清真集》，存詞212首。但據近代和當代詞學者——尤其是羅忼烈教授（1918—2009）的精密考證，肯定為清真所撰的只不過132首，其餘的都不是出自清真之手，可說是「偽詞」。在這132首之中，其調始於清真者超過三十之數，可見清真創調之才是豐富的。他是一位能自度曲的大詞人。

清真精通音樂，又能自度曲的同時，在文學技巧上繼承和改進了北宋著名詞人柳永長調善於鋪敘的特點，並運用唐人詩句入詞，再加以精巧綿密的章法、嚴謹和婉的音律和典麗富豔的遣辭，將北宋慢詞發展到頂峯，被稱為北宋詞的集大成者。南宋藏書家及目錄學家陳振孫（1179—約1261）在其《直齋書錄解題》說：「清真詞多用唐人詩語，檃括入律，渾然天成；長調尤善鋪敘，富豔精工，詞人之甲乙也。」南宋詩人陳郁（1184—1275）於《藏一話腴》說：「……美成自號清真，二百年來，以樂府獨步。」他們所說的都是十分中肯之言，毫無誇張。所謂「詞人之甲乙」，猶言在詞人之中，清真算是第一二名了，換言之，就算不是最好的，亦是次好的了。試想，

在芸芸數以千計的詞人之中，第一名或至少第二名，是何等崇高的地位呢！至於陳郁所說，「二百年來，（清真）以樂府獨步」，則更見清真在詞史上的尊貴不凡的位置。

在內容方面，清真詞雖未能完全跳出晚唐、五代以來的窠臼，唱的仍然是悲歡離合、羈旅行役的詞篇，但它們卻開啟了後來的「格律派」——始於南宋姜白石的「格律派」。之後，詞家更加講究聲律和文字的醇雅。南宋大詞家，白石之外，如梅谿、夢窗、草窗、碧山、玉田等無不受他的影響，甚至元、明、清三代，直至民國時期，亦步亦趨的詞人，仍然不少。至於清代「常州派」詞人對清真更是推崇備至，其領袖周濟主張，填詞要「問途碧山，歷夢窗、稼軒，以還清真之渾化。」（《宋四家詞選‧序論》）。這即是說，填詞的最終目標是要重回到清真「渾化」的境界。為甚麼周濟會有這樣的主張呢？他在《介存齋論詞雜著》給我們一個交代，說：「美成思力，獨絕千古，……後有作者，莫能出其範圍矣。……鈎勒之妙，無如清真。他人一鈎勒便薄，清真愈鈎勒愈渾厚。」簡言之，周濟認為清真之「鈎勒渾厚」，可以見證他的「思力，獨絕千古」！「渾厚」一詞不獨為周濟讚頌清真之言，早在宋末玉田之時已用此詞去形容清真詞風。玉田說：「美成之詞，渾厚和雅。」（見《詞源》）清戈載在《宋七家詞選》亦曾用此詞，說：「清真之詞，其意淡遠，其氣渾厚，其音節又復清妍和雅，最為詞之正宗。」

「渾厚」是甚麼意思？先言「厚」，因為較為容易掌握其

意。「厚」的相對是「薄」，即「厚薄」之「厚」。「厚」在文學中，尤其在詞中，是甚麼意思？清代詞學家陳廷焯（1853—1892）在其《白雨齋詞話》說：「詞至美成，乃有大宗，……自有詞人以來，不得不推為巨擘，後之為詞者，亦難出其範圍。然其妙處，亦不外沉鬱、頓挫。頓挫則有姿態，沉鬱則極深厚。」從陳氏之言，可窺見「深厚」是由「沉鬱」得來。「沉」是沉着，而「鬱」是抑鬱或鬱結之意。我們大抵可以通過「沉着」和「抑鬱」兩詞去領悟「深厚」或「厚」的意思。

回頭說周濟主張填詞「以還清真之渾化」的問題。何謂「渾化」？或何謂「渾」？何謂「化」？「渾」是全或渾圓的意思，而渾圓是指詞中的語言或文字能做到不露圭角痕跡，而面面俱照顧到的地步。「化」是指化境，此處特言清真詞之極神妙的境界，即進入化境，或進入化工之境，而非人力可到的境界。故此，「渾化」，簡言之，即是進入渾圓的化境，神妙無匹之意。清代有江南才子之稱的馮煦（1843—1927）在其《宋六十一家詞選・例言》說：「周之勝史（梅谿），則又在『渾』之一字，詞至於渾而無可復進矣。」可知詞中之渾境是清真詞的最獨特成就，不同凡響的。清末大詞人陳洵（1871—1942）《海綃說詞》說：「清真格調天成，離合順逆，自然中度，……清真則幾於化矣。」這又點出清真詞差不多已達到「化境」。詞能達到「渾」或「化」或「渾化」的境界實在不容易，在整個詞史上，能夠有如此功力的，大概只有一小撮詞人而已，清真便是其中之一。

現代國學大師兼大詞人王國維（1877—1927）這樣推崇清真說：

　　「以宋詞比唐詩，則東坡似太白，歐、秦似摩詰，耆卿似樂天，……而詞中老杜，非先生不可。……先生之詞，文字之外，須兼味其音律。……今其聲雖亡，讀其詞者，猶覺拗怒之中，自饒和婉，曼聲促節，繁會相宣，清濁抑揚，轆轤交往，兩宋之間，一人而已。」（《清真先生遺事》）

　　所謂「老杜」即是唐代大詩人杜甫（712—770）。我們知道，杜甫是被尊為「詩聖」的，而今王國維視清真為「詞中老杜」，毫無疑問，他實際上視清真為「詞聖」了！這是多麼尊貴的稱謂啊！此亦所以王氏認定清真是「兩宋之間，一人而已」。宋代的陳振孫早就認為清真是「詞人之甲乙」，而一千數百年後的王國維仍然認為清真是有宋一代的最有成就的詞人，更尊之為「詞聖」，可見清真在詞史上的地位是極為崇高的。我相信，此亦是《宋七家詞選》的編者戈載以清真為首選的一大原因。我們於上文不是引用過戈氏認為清真「最為詞家之正宗」的說法嗎？

二、姜白石（約 1155—約 1221）——「其高遠峭拔之致，前無古人，後無來者。」

　　白石不僅是一名大詞人，亦擅詩，而以絕詩最佳。同時，他又擅書法，精通音律。宋慶元年間（1195—1200），曾向朝廷上《大樂議》，建議整理廟樂；又上《聖宋鐃歌鼓吹》，獲詔免解參加禮部試，結果落第。此後，一生未仕，以唐代隱跡江湖的詩人陸龜蒙（？—881）自比。平日與大詩人蕭德藻（生卒年不詳）、楊萬里（1127—1206）、范成大（1126—1193）等酬唱往來。詞集名《白石道人歌曲》，存詞 80 多首，其中 17 首附有旁譜，是宋詞中今僅存的音譜，至為珍貴。

　　白石和北宋的周清真一樣，能自製樂曲，注重詞的音律與結構，兼講究文字琢煉。他的詞雖然以清真為宗，但詞風又與清真不盡相同，原因是他運用了江西詩派瘦硬的手法，加上晚唐詩疏宕瀟散的風神入詞，故意境高曠飄逸，所以宋代的黃昇（生卒年不詳）說：「白石道人，中興詩家名流，詞極精妙，不減清真樂府，其間高處，有美成所不及。」（《中興以來絕妙詞選》）其實，白石的詞風可用「清空騷雅」四字來形容。陳廷焯談論白石詞，便有下面的一段話：

　　　　「姜堯章詞清虛騷雅，每於伊鬱中饒蘊藉，清真之勁敵，南宋一大家也。夢窗、玉田諸人，未易接武。……美成、白石，各有至處，不必過為軒輊。頓挫之妙，理法之精，千古

詞宗，自屬美成；而氣體之超妙，則白石獨有千古，美成亦不能至。」(《白雨齋詞話》)

所謂「清虛」，即張玉田所說的「清空」；「騷」指如中國歷史上偉大的詩人屈原（約公元前 340—公元前 278）所寫的《離騷》般有寄意；「雅」是典雅之意。陳廷焯於這段評論中除指出白石詞的風格特色外，更有兩點值得我們注意：（一）他將白石與清真相比，認為他們「各有至處，不必過為軒輊」，白石詞以「氣體之超妙」勝，而清真詞以「頓挫之妙」和「理法之精」勝，總之，各有千秋。（二）白石之後的大詞家，就算如夢窗、玉田之輩亦「未易接武」，很難承繼他。

上文談論清真時我們不是指出過王國維認為清真是「詞中老杜」，是「詞聖」嗎？而今陳廷焯認為白石之成就可媲美清真，這不等於說他同時認為白石也可尊為「詞聖」嗎？白石在他心中的崇高地位可知。戈載於《宋七家詞選》便直接了當地說：

「白石之詞，清氣盤空，如野雲孤飛；去留無跡；其高遠峭拔之致，前無古人，後無來者，真詞中之聖也。」

「真詞中之聖也」一語是多麼推崇白石啊！

白石既為「格律派」的開山祖，又是「疏體」的始創人，他的影響自然十分深遠。清代文學家汪森（1653—1726）在他的《詞綜·序》便指出這一點，說：

「鄱陽姜夔出，句琢字鍊，歸於醇雅。於是史達祖、高觀國羽翼之，張輯、吳文英師之於前，趙以夫、蔣捷、周密、陳允平、王沂孫、張炎、張翥效之於後，譬之於樂，舞節至於九變，而詞之能事畢矣。」

同時代的「浙西詞派」創建人朱彝尊（1629—1709）也指出白石的影響，說：

「詞莫善於姜夔，宗之者張輯、盧祖皋、史達祖、吳文英、蔣捷、王沂孫、張炎、周密、陳允平、張翥、楊基，皆具夔之一體，基之後，得其門者寡矣。」（見《曝書亭集》卷四十〈黑蝶齋詩餘序〉）

綜合汪、朱二人之言，可見白石影響不獨南宋的大詞人，更遠及元、明兩代。實際上，影響之深遠並不止於此，清代及現代的大詞人亦不少受到白石影響，如清初「浙西派」的大詞人朱彝尊、厲鶚（1692—1752）等，現代的如先師饒宗頤教授、羅忼烈教授等都在某程度上受白石影響。朱彝尊曾說「數十年來，浙西填詞者，家白石而戶玉田」，可見清初時白石詞是非常受歡迎和流行的。

詞的發展，到了清代，白石的地位越來越高，直與清真並駕齊驅，不讓清真專美了。

三、史梅谿（1163？—1220？）——「奇秀清逸，有李長吉之韻」

　　梅谿與白石同時，只較白石年輕幾歲。梅谿在若干方面都與白石相似，他精通音樂，也能自度曲，《梅谿詞》中如《雙雙燕》、《綺羅香》、《三姝媚》、《壽樓春》、《換巢鸞鳳》等等都是他自度的。他也如白石一樣，填詞十分講究鍛字煉句，講究修辭，尤其特別注重句法。他的詞風直接來自清真，同時也受白石影響，故在詞史上他亦被歸入「清空」或「疏體」一派，成為白石的羽翼。不過，他仍然有自己的個人風格。存《梅谿詞》112 首。

　　梅谿與白石生前曾有過直接交往。《中興以來絕妙詞選》便指出「達祖有詞百餘首，張功甫、姜堯章為序」。當時，白石已很欣賞梅谿詞，他說：

　　　　「梅谿詞奇秀清逸，有李長吉之韻，蓋能融情景於一家，會句意於兩得。」（見黃昇《中興以來絕妙詞選》卷七姜氏〈梅谿詞序〉）

　　梅谿詞的個人風格就是「奇秀清逸」，而「清逸」一點則與白石相似，故此後人把他們歸入一派——「清空派」是頗為有理的。當然，姜、史同屬一派還有另外一個原因，就是他們的詞講究律韻——即戈載《宋七家詞選》所說的「律韻兼精」，故此他們又同屬「格律派」。

梅谿詞特重句法，或可說精於句法，早在元代的文學家陸輔之（1275—1350？）的《詞旨》已指出。陸氏說：

> 「命意貴遠，用字貴便，造語貴新，煉字貴響。……詞不用雕刻，刻則傷氣，務在自然。周清真之典麗，姜白石之騷雅，史梅谿之句法，吳夢窗之字面，取四家之所長，去四家之所短，……」

陸氏所謂的「史梅谿之句法」大概是指「造語貴新」，亦即是白石所言梅谿之「奇秀」。白石說「梅谿詞，……有李長吉之韻」一點值得我們細嚼。李長吉即是李賀（790—816），是中唐的一位詩人，其成就為當時大文豪韓愈（768—824）所擊賞。在詩史上，李賀被視為「鬼才」，其詩以奇麗見稱。白石謂梅谿詞「有李長吉之韻」大概便是指這一點 —— 有李長吉詩中的「奇麗」的神韻這一點。我真的認為「奇秀」或「奇麗」是梅谿詞最獨特的風格，而不單是它的「清逸」；「清逸」只是梅谿詞與白石詞共有的特色。獨是「清逸」一詞是不足以形容梅谿詞的。自然，只是「奇秀」一詞亦不能盡說梅谿詞。白石用「奇秀清逸」四字去形容梅谿詞是最有見地，最適當不過了。

雖然偶爾有詞學家，如清代彭孫遹（1631—1700）輩，認為在南宋芸芸詞人之中以「史邦卿為第一」（見彭氏《金粟詞話》），可是梅谿詞仍有其弱點，或不妥當的地方。清代以來已有不少詞學家指出這一點。如清代周濟說：

「梅谿甚有心思，而用筆多涉尖巧，非大方家數，所謂一鈎勒即薄者。」（見周濟《介存齋論詞雜著》）

周氏又說：

「梅谿才思可匹竹山，竹山粗俗，梅谿纖巧。粗俗之病易見，纖巧之習難除。」（見周濟《宋四家詞選・序論》）

清代先著（生卒年不詳）、程洪（生卒年不詳）說：

「史之遜姜，有一二欠自然處。雕鏤有痕，未免傷雅，……意欲靈動，不欲晦澀；語欲穩秀，不欲纖佻，人工勝則天趣減。梅谿、夢窗自不能不讓白石出一頭地。」（見《詞潔》）

民國時期著名文學家汪東（1890—1963）說：

「梅谿思路俊爽，用筆輕靈，快剪風檣，了無滯跡。持救平鈍寒澀之弊，則良藥也。然純以巧勝，故骨格不莊，從此入手，易流佻薄。」（見《唐宋詞選・評語》）

現代詞學家胡雲翼（1906—1965）說：

「世以白石、梅谿並稱，若論格調，則梅谿不免卑下，

不及白石之高曠；若論才華，則白石不如梅谿之豔麗。」（見
《宋詞研究》）

　　綜合以上數人之言，大概可以看出梅谿詞的最大弱點是
「尖巧」或「纖巧」、「纖佻」，過於「雕鏤」，「骨格不莊」，流於
「佻薄」、「格調卑下」。換言之，便是氣格不高，缺少白石詞中
那份「古雅峭拔」的神采。此所以梅谿的成就終不能與白石相
比，甚至可說遜於白石！周濟更說：「梅谿詞中喜用『偷』字，
足以定其品格矣。」（見《介存齋論詞雜著》）這可能指向梅谿
做過被視為奸臣的韓侂冑（1152—1207）的堂吏，委身權奸之
門有相當關係。

　　儘管如此，有清一代，梅谿與白石往往並稱，曰「姜史」，
尤其在清初，梅谿很受當時「浙西派」詞人所重視，朱彝尊及
其門人對梅谿特別垂青。朱氏曾說：「吾最愛姜史。」（見謝章
鋌《賭棋山莊集·詞話》）謝章鋌（1820—1903）也曾指出，「朱
竹垞以姜史為的，李武曾以逮厲樊榭羣然和之。」（同上）「浙
西派」詞人之中，尤以厲鶚受梅谿影響至深，清初詞人徐逢吉
（1656—1740）說他「沐浴於白石、梅谿」。（見徐氏《樊榭山
房集·集外詞題辭》）就算清末四大詞人之一的況周頤亦十分
推崇梅谿，他曾與他的好友易順鼎（1858—1920）以梅谿的自
度曲《壽樓春》相唱和，並步梅谿原韻。

　　可見史梅谿對詞壇的影響是頗為廣泛和深遠的。

四、吳夢窗（1200—約 1260）——「以綿麗為尚，運意深遠，用筆幽邃，煉字煉句，迥不猶人。」

夢窗是白石、梅谿之後的一位大詞人，可是《宋史》和地方志 ——《四明縣志》（夢窗是四明人）皆無傳，所以其生平事跡不大清楚。後來經過楊鐵夫（1869—1943）、夏承燾（1900—1986）等詞學家考證之後，其輪廓大致可知。

夢窗不僅懂音樂，而且能自度曲，在現存的 340 首的夢窗詞中，有多首是他的自度曲，如《西子妝慢》、《霜花腴》和《古香慢》便是，故他是南宋姜史之後的「格律派」詞家。（於此順便一提的是，夢窗的長調《鶯啼序》。此調在《夢窗詞》集中共有三首。為現時所知最長之詞調，有 240 字。世人以為夢窗最先填此調，或謂始創於夢窗，惟金初的全真教祖師王重陽（1112—1170）早已有此調，遠在夢窗之前。至於是否為王氏所創，則有待進一步研究。）不過，在詞體方面，他與姜史 ——尤其是姜迥然有別。他的詞屬於「密體」，而姜史則屬「疏體」。宋末的張玉田便以「質實」形容夢窗的詞風，更說：「質實則凝澀晦昧。吳夢窗詞如七寶樓臺，眩人眼目，拆碎下來，不成片段。」（見《詞源》）我認為以「質實」和「凝澀晦昧」等字眼去形容夢窗詞是頗片面、偏激、不夠客觀，是不妥當的。我們至多可以說夢窗詞密麗，或如現代人所說，文理（或文的肌理）茂密深刻，或縱橫交錯，不易追尋其脈絡而已。戈載說得好：

「夢窗……填詞，以綿麗為尚，運意深遠，用筆幽邃，煉字煉句，迥不猶人。邀觀之雕繢滿眼，而實有靈氣行乎其間。細心吟繹，覺味美方回，引人入勝，既不病其晦澀，亦不見其堆垛，此與清真、梅谿、白石並為詞學之正宗，一脈真傳，特稍變其面目耳。猶之玉溪生之詩，藻彩組織，而神韻流傳，旨趣永長，……」（《宋七家詞選》）

真的，夢窗詞「邀觀之雕繢滿眼，而實有靈氣行乎其間」，只要我們「細心吟繹，……既不病其晦澀，亦不見其堆垛」。讀夢窗詞是要有耐性和細心的，斷不能夠如讀玉田詞一般，輕輕帶過，浮光掠影的。

至於玉田說夢窗詞「如七寶樓臺，眩人眼目，拆碎下來，不成片段。」則更不成話，實過於偏激。「七寶樓臺」，以致「眩人眼目」是很自然的事，並無不對。夢窗詞以密麗見稱，不能夠「眩人眼目」才是怪事！詞是藝術品，跟其他藝術品一樣，為何要將它「拆碎下來」呢？一件藝術品而將它「拆碎下來」，還是一件藝術品嗎？拆碎之後，只是一堆廢料而已！「拆碎下來」之後，自然「不成片段」了，那還有藝術品存在可言呢？藝術品都沒有了，藝術還會存在嗎？好好的一件藝術品，為甚麼要動它，要把它「拆碎下來」呢？

作為一件藝術品的夢窗詞是怎樣的呢？周濟為我們描述，說：

「夢窗奇思壯彩，騰天潛淵，……立意高，取徑遠，……其虛實兼到之作，雖清真不過也。」（《宋四家詞選‧序論》）

又說：

「夢窗每於空際轉身，非具大神力不能。夢窗非無生澀處，總勝空滑。況其佳者，天光雲影，搖蕩綠波，撫玩無斁，追尋已遠。……君特意思甚感慨，而寄情閒散，使人不能測其中之所有。」（《介存齋論詞雜著》）

江南才子馮煦亦為我們描繪夢窗詞的特色，說：

「夢窗之詞，麗而則，幽邃而綿密，脈絡井井，而卒焉不能得其端倪。」（《宋六十一家詞選‧例言》）

民國時期的大詞人陳洵，於詞最服夢窗，說：

「飛卿嚴妝，夢窗亦嚴妝，惟其國色所以美。若不觀其倩盼之質，而徒眩其珠翠，則飛卿且譏，何止夢窗！玉田所謂『拆碎不成片段』者，眩其珠翠耳。」（《海綃說詞》）

於此陳洵不獨點明夢窗詞的特色 ——「嚴妝」，更恰當地

批評玉田對夢窗的不合理攻擊，可謂一矢中的。

清末大詞人況周頤對夢窗詞的描述最為生動鮮明，他說：

「夢窗密處，能令無數麗字一一生動飛舞，如萬花為春，……如何能運動無數麗字？恃聰明，尤恃魄力。」（《蕙風詞話》）

夢窗詞，其實真的是如此可愛的。

說到夢窗詞善用「麗字」，清人早已指出與唐代李長吉詩有關，如詞人孫麟趾（1791—1860）說：

「余謂詞中之有夢窗，猶詩中之有李長吉。」（《詞徑》）

清末四大詞家之一鄭文焯（1856—1918）亦說：

「君特為詞，用雋上之才，別構一格，拈韻習取古諧，舉典務出奇麗，如唐賢詩家之李賀。……其取字多從長吉詩中得來，故造語奇麗。」（《鄭校夢窗詞‧跋》）

謂夢窗詞「取字多從長吉詩中得來」固是事實，但我也相信他同時得到梅谿的啟示。我在上文談論梅谿詞的時候不是也提到梅谿詞的「奇秀」或「奇麗」是受到長吉詩的影響所致嗎？在這一點上，梅谿詞與夢窗詞差異之處是：夢窗詞受長吉

詩的影響更深；或可說為，夢窗深化了長吉詩對其詞的影響；
更或可說為，夢窗運用長吉詩中字已到了化境，是出自夢窗自
己或出自長吉，已分不出來了。

　　最妙的是，近代學者王國維評論或形容夢窗的詞說：

　　「夢窗之詞，余得取其詞中之一語以評之曰：『映夢窗
零亂碧。』」（《人間詞話》）

　　本來這句話是王氏有意低貶夢窗的，他從來就不愛夢窗
與玉田詞。但是，我認為夢窗詞之可愛之處正是這一點。試
想：在夢中一片凌亂的碧綠色映照着紗窗的美境。詞的境界
是朦朧的、幽靜的、悽美的，而且帶一點殘缺美！這還不夠美
嗎？麗日之下看花美，霧裏看花亦美，夢中看亂綠映照的紗窗
不是一樣美嗎？

　　最後，我們試看夢窗詞的影響及其地位。從「格律派」的
角度去看，夢窗詞的影響至為深遠，從南宋開始，經元、明、
清直至現代，一直未有中斷。清代的「常州派」詞人如周濟、戈
載等都大力抬舉夢窗。周濟的《宋四家詞選》以夢窗為四家之
一，列於其下的有高觀國、陳允平、周密……等十數位名家。
戈載的《宋七家詞選》以夢窗為七家之一，所選之詞亦以夢窗為
最多，共 115 首。其次是草窗詞，也不過 69 首而已。清末大詞
人朱彊村（1857—1931）最推崇夢窗，而上世紀嶺南大詞人陳洵
則尤佩服夢窗。他瓣香夢窗，亦步亦趨，視之如神！

夢窗在詞史中的地位早有定論。宋代尹煥（約 1231 年前後在世）說：

「求詞於吾宋者，前有清真，後有夢窗，此非煥之言，四海之公言也。」（《中興以來絕妙詞選》引）

陳洵說：

「尹煥謂『前有清真，後有夢窗』，信乎其知言矣。」（《海綃說詞》）

詞人學者多認為清真是北宋詞的集大成者，而今宋代的尹煥和現代的陳洵共同認為「前有清真，後有夢窗」，換言之，即是說，北宋有清真，南宋有夢窗，他們的成就可分別代表南北兩宋的詞壇！於此，可見夢窗地位之崇高了。

也許，我們可以這樣說：詞發展到了清真，「格律派」的詞人以清真成就最大，影響至為深遠。其後的白石和夢窗是「格律派」的後勁。前者是「清空」或「疏體」詞派之開山祖，而後者是「質實」或「密體」詞派的始創者。他們兩人的成就、影響和地位是旗鼓相當的。在過去一千幾百年的詞史上，他們兩人如雙峯並峙，傲視同羣，其影響直至現代，不磨不滅。

五、周草窗（1232—1298）——「精妙絕倫」

草窗家學淵源，詩書世家，其父周晉（生卒年不詳）博極
羣書，工於詩詞。草窗自少便受到其父熏陶，以讀書治詩詞為
務。後來又隨當時音律大師楊纘（約 1241 年前後在世）學習
詩詞聲律之學，故音樂修養甚高。宋亡之後，草窗棄官歸隱，
與王碧山、張玉田、王易簡（約 1279 年前後在世）、仇遠等十
餘詞人結社西湖，吟詩詠詞，以寄故國之思。他的詞集名《蘋
洲漁笛譜》，又名《草窗詞》，存詞 152 首。除詞集之外，草窗
更有詩集和多種筆記傳世。現存詩集有《草窗韻語》六卷，所
收是宋亡前的詩作。筆記有《武林舊事》、《齊東野語》、《癸辛
雜識》、《志雅堂雜抄》、《浩然齋雅談》、《雲煙過眼錄》等，俱
為很有歷史價值的著作。對詞學貢獻最大的是，他編纂的《絕
妙好詞》七卷，為南宋詞選本，南宋許多詞作賴以保存。

草窗為南宋末三大詞人之一，其餘兩人為王碧山和張玉
田。他們雖同處一個特別的時代，但三人的詞風卻有顯著的差
別。所同者是，他們都精於音律，同為「格律派」的詞人，這
一點與他們的前輩清真、白石、梅谿和夢窗是相同的。

詞學方面，草窗的啟蒙老師是他的父親周晉。其後，
根據他的《自銘》，「間作長短句，或謂似陳去非、姜堯章」。
姜堯章，即姜白石。陳去非是誰？是陳與義（1090—1138），
南宋大詩人兼詞家。去非的詩師法杜甫，與陳師道（1053—
1102）、黃庭堅（1045—1105）被稱為「三宗」——「一祖三宗」

的「三宗」，「一祖」是杜甫。他的詞集名《無住詞》。《四庫全書提要‧無住詞提要》說：

> 「……其詞不多，且無長調，而語超絕。……吐言天拔，不作柳軃鶯嬌之態，亦無蔬筍之氣，殆於首首可傳，不能以篇帙之少而廢之。」

去非存詞不多，但其《臨江仙》「憶昔午橋橋小飲」一首絕佳，其中上片兩結句「杏花疏影裏，吹笛到天明」至為世人傳誦。去非的「語超絕」和「吐言天拔」的詞風對草窗詞的影響是頗為深刻的。

草窗詞學習去非詞的同時亦學習白石詞，而後者的風格「清空騷雅」與前者的「語超絕」和「吐言天拔」的作風頗為接近，更無衝突之處，所以對草窗詞風的形成更加有利，可謂「雙得益彰」！周濟認為草窗詞「新妙無與為匹」（見《介存齋論詞雜著》）和「精妙絕倫」（見《宋四家詞選‧序論》），我相信陳去非和姜白石對其影響至大，而且是頗為明顯的。

但草窗詞卻沒有完全走「清空」一路，他還吸取夢窗「麗密」的特質。這一點清人至為清楚，如戈載說：

> 「其詞盡洗靡曼，獨標清麗，有韶倩之色，有綿渺之思，與夢窗旨趣相侔，二窗並稱，允亦無忝。其於律亦極嚴謹，蓋交游甚廣，深得切劘之益。」（《宋七家詞選》）

又如陳廷焯說：

> 「夢窗、草窗大致相同，昔人已有定評。然兩家之師白石，取法皆同；……」（《雲韶集》）

可見草窗「清麗」的詞風是受兩種不同詞風的影響而形成的：一是白石（加去非）的詞風；二是夢窗的詞風。說得清楚一點，即是說，草窗詞的「清」取自白石，而其「麗」則取自夢窗。說得圓滿一點，就是說，草窗詞的「清麗」是分別地取自白石的「清空騷雅」和夢窗的「麗密精工」。我們或更可以說，草窗將白石的「清空騷雅」和夢窗的「麗密精工」融為一體，又能轉益多師，如同時向陳去非和周清真學習，終於自成格調，創出自己獨特的「清麗」詞風。

可是草窗詞也有其弱點。周濟和陳廷焯在稱賞之餘，都能指出來。周濟說：

> 「公謹只是詞人，頗有名心，未能自克；故雖有才情詣力，色色絕人，終不能超然遐舉。」（《介存齋論詞雜著》）

又說：

> 「草窗縷冰刻楮，精妙絕倫；但立意不高，取韻不遠，……」（《宋四家詞選‧序論》）

陳廷焯說：

「周公謹詞，刻意學清真，句法字法，居然合拍。惟氣體究去清真已遠，其高者可步武梅谿，次亦平視竹屋。」（《白雨齋詞話》）

他們着眼的是草窗詞的「氣體」或氣格方面，並不是它的文學技巧。平情而論，草窗詞的文字語言運用技巧是「無與為匹」，即無懈可擊的。怪不得他的老師紫霞翁楊纘稱讚他說：

「草窗樂府妙天下。」（見王楠《蘋洲漁笛譜・跋引》）

故此，清代以來，學草窗詞的實在不少。至低限度，學夢窗的，例必兼學草窗，因為他們的詞風較為近似，易於貫通。他們都希望從草窗詞中學習作詞的技巧。我覺得，草窗詞對初學填詞之人最有幫助。詞是文字語言藝術，而草窗詞最值得人們學習的便是其文字語言的無與倫比的功力。

六、王碧山（約 1248—約 1291）——「其詞運意高遠，吐韻妍和，是真白石之入室弟子也。」

碧山，正如我在上文指出，是宋末三大詞人（草窗、碧山和玉田）之一，其詞風是從白石發展得來的。他的事跡，

史書上記載不多，只知道宋亡之後，他曾在元世祖至元年間（1264—1294）出任過慶元路學正；又和草窗、玉田等十多名遺民詞人同結詞社，吟詩詠詞，寫出不少懷念家國的詞篇。他的詩文多已散佚。今存詞集名《花外集》，又名《碧山樂府》或《碧山詞》，共 60 多篇。

宋詞發展至白石，以「清空騷雅」或「古雅峭拔」為正宗。之後，學白石之詞人頗多，而在這芸芸眾多的詞人中，以碧山最為入室。此所以玉田說：

> 「碧山能文工詞，琢語峭拔，有白石意度。」（《山中白雲詞‧瑣窗寒詞序》）

玉田最崇白石，其詞「清空」處比白石，往往過之，而他對碧山竟讚賞如此，可見碧山實在有過人的功力，「有白石意度」，其成就是當時人所公認的。碧山何以有此功力呢？周濟指出，是由於碧山「天分高絕」！（《介存齋論詞雜著》）周氏評論碧山時，有一段說話很值得我們注意，他說：

> 「碧山屬心切理，言近指遠，聲容調度，一一可循。……碧山胸次恬淡，故《黍離》、《麥秀》之感，只以唱歎出之，無劍拔弩張習氣。……詠物最爭託意，隸事處以意貫串，渾化無痕，碧山勝場也。……詞以思筆為入門階陛。碧山思筆，可謂雙絕，幽折處大勝白石。」（《宋四家詞選‧序論》）

這段評論可分析歸納為四點如下：

一、碧山詞的藝術技巧可以完全表達碧山的心意；

二、他的詞風溫厚和雅；

三、他的詠物詞重寄託，能達至「渾化無痕」之境；

四、他的「思筆雙絕」，而「幽折處」更勝白石。

四點之中，我認為最後一點最為重要，最能指出碧山的獨特成就或過人之處。何謂「思筆」？「思」指詞中之意，如寄託；「筆」指技巧 —— 文字語言的技巧。周濟謂碧山「思筆雙絕」，猶言碧山，無論在思意上、技巧上都有過人的成就，與眾不同。有些時候，在「幽折處」比他的祖師白石更為優勝！周濟對碧山真是太捧場了。

不過，能夠繼承白石的，就真的只有碧山。這一點清代的戈載早已點出來了。他說：

「予嘗謂白石之詞，空前絕後，匪特無可比肩，抑且無從入手，而能學之者惟中仙。其詞運意高遠，吐韻妍和。其氣清，故無沾滯之音；其筆超，故有宕往之趣；是真白石之入室弟子也。」（《宋七家詞選》）

可見碧山之所以「能學」白石，成為白石之「入室弟子」是由於他的詞「運意高遠，吐韻妍和」，「其氣清」及「其筆超」。這正是周濟所說的「碧山思筆，可謂雙絕」的意思。

清人最欣賞和歌頌碧山的，我覺得無如陳廷焯。陳氏在

其《白雨齋詞話》這樣讚賞碧山說：

> 「王碧山詞，品最高，味最厚，意境最深，力量最重。感時傷世之言，而出於纏綿忠愛，詩中之曹子建，杜子美也。詞人有此，庶幾無憾。……詞法之密，無過清真；詞格之高，無過白石；詞味之厚，無過碧山；詞壇三絕也。……碧山詞，觀其全體，固自高絕；即於一字一句間求之，亦無不工雅，瓊枝寸寸玉，旃檀片片香，吾於詞見碧山矣，於詩則未有所遇也。」

這段評論實有四點：

一、碧山詞之品、味、意境、力量都是冠絕詞人的；

二、詞中之碧山可比詩中之曹子建（即三國時期著名文學家曹植（192—232））和杜子美（杜甫）；

三、於詞壇三絕中，碧山佔其一：詞味最厚；

四、無論全詞或只是其一字一句，無不高絕工雅。

只要我們細細咀嚼陳廷焯之言，或可窺見，在他的眼中，從整體上看，碧山詞的成就，實際上，已超越了白石！看他一開始便用四個「最」字去形容碧山詞。他雖然說「詞格之高，無過白石」，可是他早已說「王碧山詞，品最高」呢！

清末四大詞人之一王鵬運（1849—1904）也很推崇碧山，他說：

「碧山詞頡頏雙白，揖讓二窗，實為南渡之傑。」

「雙白」指白石和玉田（按，玉田之詞集名《山中白雲》點出「白」字）；「二窗」指夢窗和草窗。意思不外是說，碧山詞可與白石、玉田、夢窗和草窗同列而已。謂碧山與白石、夢窗同列，也許有點不妥當，有點過譽；但說他與草窗、玉田同一等級，卻是持平之論。

無論如何，碧山詞「實為南渡之傑」，亦同時為宋詞之傑，更可說為整個詞史之傑。

七、張玉田（1248—1320？）——「以空靈為主，婉麗為宗」

玉田與碧山同時，而去世較晚，故可視為南宋最後一位大詞人。他出生於文學音樂世家，他的曾祖父是著名詞人張鎡（1153—1235）（鎡與白石是好友），其父是精通音律的「格律派」詞人張樞。宋亡時（1279），玉田只有三十歲。入元之後，環境大變，玉田抱着亡國之痛，飄泊於江南一帶，且常常要寄食於他人。其詞集名《山中白雲》，存詞 300 餘篇。又著有《詞源》，為詞史上較早的詞論之一。《詞源》分上下兩卷，上卷暢談音律，下卷詳論詞法；共分製曲、句法、字面、虛字、清空、意趣等十三部分。

玉田詞以白石為宗，走清空騷雅，律細韻嚴一路。宋末

文學家仇遠說：

> 「《山中白雲詞》，意度超玄，律呂協洽，當與白石老
> 仙相鼓吹。」（《山中白雲・序》）

　　毫無疑問，玉田是白石所創「格律派」的後勁，無論意度
或律呂都極力講究，頗能繼承白石的作風。清代文學家紀昀
（1724—1805）亦強調玉田詞與白石詞的關係，說：

> 「……至其研究聲律，尤得神解，以之接武姜夔，居
> 然後勁。宋元之間，亦可謂江東獨秀矣。」（《四庫全書提要・
> 山中白雲提要》）

　　清人戈載於《宋七家詞選》有一段評論玉田十分的當之
言，很值得我們注意，他說：

> 「玉田之詞，鄭所南稱其『飄飄徵情，節節弄拍』；仇
> 山村稱其『意度超玄，律呂協洽』，是真詞家之正宗。填詞者
> 必由此入手，方為雅音。玉田云：『詞欲雅而正。』『雅正』二
> 字，示後人之津梁，即寫自家之面目。……不知玉田易學，而
> 實難學。玉田以空靈為主，但學其空靈，而筆不轉深，則其義
> 淺，非入于滑，即入于蠡矣。玉田以婉麗為宗，但學其婉麗，
> 而句不煉精，則其音卑，非近于弱，即近于靡矣。故善學之，

則得門而入，升其堂，造其室，即可與清真、白石、夢窗諸公互相鼓吹，否則浮光掠影，貌合神離，仍是門外漢而已。……」

這段言論大概不外以下幾點：

一、同意鄭所南（思肖，1241—1318）和仇山村（遠）稱讚玉田之評論；

二、強調玉田標舉「雅正」二字於詞之重要；

三、玉田詞看似易學，其實難學；

四、指出玉田詞風以空靈為主，婉麗為宗；

五、不善學玉田者，則入於粗滑，近於靡弱；

六、善學玉田者，則可升堂造室，更可與清真、白石、夢窗等大家互相鼓吹。

其中最重要的是第四點，因為它很明確扼要的指出玉田的獨特詞風：空靈婉麗。所謂「空靈」即是玉田所說的「清空」——玉田形容白石詞風的「清空」；而「婉麗」大概是從清真的「富豔精工」和夢窗的「綿麗」轉化而來。元初詩人戴表元（1244—1310）以「流麗清暢」四字（見其《剡源集》）去形容玉田的詞風，大抵可以視之為「空靈婉麗」較為容易領悟的說法。無論如何，玉田詞的風格是清空騷雅、婉美流麗、蘊藉纏綿的，基本上都是從白石而來的；當然，其中又攝取了清真、夢窗詞中的優點——對形成玉田詞風的優點。

玉田詞風影響後世頗大，尤其是清初之際，很多詞人都受到玉田影響。當時「浙西派」的領袖朱彝尊說：

「數十年來，浙西填詞者，家白石而戶玉田，……」
（《靜惕堂詞・序》）

可見朱彝尊之時已形成所謂「姜張詞派」——以姜白石和張玉田為宗主的詞派，而這詞派的主要推行者是「浙西詞派」。朱氏在其《詞綜・發凡》說：

「世人言詞，必稱北宋，然詞至南宋始極其工，至宋季而始極其變，姜堯章氏最為突出。」

這幾句說話雖突出白石之成就及其在詞史上的崇高地位，但我們亦必須注意「至宋季而始極其變」一句，因為它間接指出玉田的重要性。玉田為南宋末三大詞人之一，而其時代則為最後的一位，故此我們或可將朱氏此句以「玉田」二字替代「宋季」一詞，而改為：「至玉田而始極其變」。詞至玉田，真的是「極其變」的，因為到了玉田之時，宋以來的豔麗柔靡詞風，已變為雅正清婉的詞風了。

朱彝尊雖然認為「姜堯章氏最為突出」，但他的詞風則接近玉田。他的《解佩令・自題詞集》已清楚的指出這一點。他說：

「不師秦七、不師黃九，倚新聲，玉田差近。」

「秦七」是秦觀；「黃九」是黃庭堅。朱氏作詞不師秦觀與黃庭堅，而詞風卻近玉田！朱氏縱使才大，也無法追上白石的，他只能退而求其次，學習玉田而已。實際上，標舉「姜張」的「浙西詞派」的所有成員都沒有能力學白石，他們只能勉強學玉田。「浙西詞派」發展到厲鶚，可算後勁，但他仍然只能步武玉田，將玉田之「清空」發揮到極至，添上一分「幽雋」之美。厲鶚之後，學玉田的只亦步亦趨，不足觀了。不過，無論如何，玉田在清代的詞壇是極具影響力的，就算到了現代，以他為榜樣的仍然不少呢！

　　玉田詞雖然在清代，甚至民初大行其道，可是不喜歡，甚至看不起玉田詞的大有人在。如王國維便是其中一位。王國維在《人間詞話》說：

　　　「玉田之詞，余得取其詞中之一語以評之曰：『玉老田荒』。」

　　換言之，王氏認為玉田之詞縱然古雅清麗如玉，可惜內容單調，不夠姿彩，無甚新意！說話是誇張和偏激了一點，但也不是全無道理的，因為在玉田的存詞中，的確有一部分是不夠理想和完美的。

餘論：作詞途徑之我見

一、問途碧山，旁及草窗

　　經過上文介紹及討論，我們大概可以肯定地同意戈載在兩宋之中所選的七大詞家，其作品都是「句意全美，律韻兼精」的「格律派」七大詞家。可是除了指出玉田「是真詞家之正宗，填詞者必由此入手，方為雅音」(《宋七家詞選》)外，卻沒有為我們提出一個方案，讓我們有系統地研讀這七家的作品，以達至我們學詞的目的；又沒有明言那一位詞家是我們學詞的終極目標；更沒有如「常州派」的周濟一般為我們提出一個有始有終的學詞途徑。況且，我認為填詞者由玉田入手的主張是不大妥當的，至少是不盡適合的，因為學玉田，一不小心，便會由「空靈」陷入粗滑和靡弱。這一點戈氏是很清楚的 —— 見其《宋七家詞選》的跋語。

　　周濟在其《宋四家詞選・序論》說：

> 　　「問途碧山，歷夢窗、稼軒，以還清真之渾化。余所望於世之為詞人者，蓋如此。」

　　故周濟提出學詞之途徑是甚為清晰的，我們可以簡表列之如下：

但碧山等四人只不過是「四家」之首，每「一家」的成員還有若干詞人，清真之下有 9 人，稼軒有 13 人，碧山有 11 人，夢窗有 13 人，加上這「四家」之首總共 50 人。所以，雖然是「四家」，實際上，所涉及的詞人共 50 人！換言之，讀「四家」之作品，即是讀 50 人的作品。而今戈載的「七家」就是僅僅的只有 7 人的作品，故此在研讀方面來說，是較為集中，易於把握，獲益較易的。現在我姑且仿傚周濟之意，限於這七家，試為讀者或謂「世之為詞人者」提出學詞的途徑如下：

問途碧山，旁及草窗；

歷夢窗、白石，參梅谿、玉田；

以還清真之渾化。

我所提出學詞的途徑跟周濟不同的最顯明的有兩點：（一）多出草窗、梅谿和玉田三人；（二）將稼軒（即辛棄疾，1140—1207）換上白石。其實，理由頗為簡單，一是因為我只限於戈氏選出的七家，二是戈氏沒有挑選稼軒（最大理由應為稼軒不是「格律派」詞人），而挑選白石。

稼軒詞「雄深雅健」（鄒祗謨（1627—1670）《遠志齋詞衷》），「慷慨縱橫」（紀昀《四庫全書提要・稼軒詞提要》），以氣勢勝，那麼，我提議的學詞途徑不是缺少了這點「氣勢」嗎？看來似是，而實際上並不如是。我們都知道白石學清真的同時，亦學稼軒，故此可從白石詞中間接學到稼軒的氣勢。周濟說：

「白石脫胎稼軒，變雄健為清剛，變馳驟為疏宕。」（《宋四家詞選・序論》）

所以，學白石之「清剛」和「疏宕」，即間接得到稼軒的「雄健」和「馳驟」，故不愁詞中缺少那份稼軒的氣勢。

　　白石或稼軒的問題解決了之後，我所提出的學詞途徑就只不過多出了「旁及草窗」和「參梅谿、玉田」兩項而已，而這兩項只是附屬，不是主要的。

　　讓我首先將這七家詞風的特色順序地簡介如下：

碧山：「思筆雙絕」（周濟《宋四家詞選・序論》）

　　　　「品最高，味最厚，意境最深，力量最重。」（陳廷焯《白雨齋詞話》）

草窗：「精妙絕倫」（周濟《宋四家詞選・序論》）

　　　　「獨標清麗」（戈載《宋七家詞選》）

夢窗：「綿麗深遠」（戈載《宋七家詞選》）

　　　　「奇麗」（鄭文焯《鄭校夢窗詞・跋》）

　　　　「細密沉厚」（況周頤《蕙風詞話》）

白石：「古雅峭拔」（張玉田《詞源》）

　　　　「清虛騷雅」（陳廷焯《白雨齋詞話》）

梅谿：「奇秀清逸，有李長吉之韻」（《中興以來絕妙詞選》

　　　　卷七，引姜白石作《梅谿詞・序》）

玉田：「空靈婉麗」（戈載《宋七家詞選》）

清真：「渾然天成，富豔精工」（陳振孫《直齋書錄解題》）

　　　　「渾厚和雅」（張玉田《詞源》）

　　　　「淡遠渾厚，清妍和雅」（戈載《宋七家詞選》）

繼而把我提出的學詞之途徑作出簡表如下：

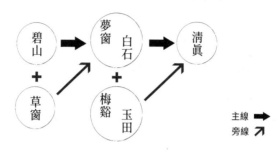

於此，待我略為解釋我所提出的學詞途徑。第一，為甚麼一開始要「問途碧山」？首先，我同意周濟說「詞以思筆為入門階陛。碧山思筆，可謂雙絕。」碧山詞，無論從情思、意境、寄託和言語技巧上去看，都是一流，是無與倫比的。故此，初學詞先從碧山入手，實為正路，一定不會偏差，絕不會學壞。根本立得正確了，以後的發展便不會偏斜了。清末大詞人況周頤說：

「初學詞，最宜讀《碧山樂府》，如書中歐陽信本，準繩規矩極佳。」（《蕙風詞話》）

況且，陳廷焯清楚地指出，「王碧山詞，品最高，味最厚，意境最深，力量最重，……詩中之曹子建、杜子美也。」既然如此，碧山詞還不值得學習嗎？還不值得一入手便學習嗎？

那麼，為甚麼要「旁及草窗」呢？理由是草窗詞「獨標清麗」，「精妙絕倫」，特別着意文字語言的「清麗」風格。學習

碧山詞固然好，但恐防它們「言近指遠」，又「運意高遠」（分別見周濟《宋四家詞選・序論》和戈載《宋七家詞選》），寄託遙深，學詞之人只顧其內，忽略其外，故以草窗詞之外在形式──「清麗」的語言技巧去補救，務使學詞之人內外兼顧，不偏於一端。這是學詞的第一步，是基本功，是道家或煉丹家所強調的「築基」功夫，至為要緊，不能隨便處之。

二、歷夢窗、白石，參梅谿、玉田

學詞的人打好了基礎之後，便要「轉益多師」，向更多詞家學習了。他們的學詞途徑便到了第二階段。這一回他們要闖進夢窗和白石的世界，要使自己浸淫於夢窗和白石的詞風。夢窗詞以「綿麗」或「奇麗」為尚，琢字煉句，最近草窗。故這個時候，以草窗的「清麗」上接夢窗的「綿麗」或「奇麗」。實際上，本來草窗有意學夢窗，與夢窗「旨趣相侔，二窗並稱」（戈載《宋七家詞選》）。因為在第一階段時已學習過草窗，無形中已間接認識夢窗，對夢窗詞風已有多少了解，所以到了現階段時夢窗詞風並不完全陌生，較為容易掌握，所做的功夫不過是要擴大對夢窗詞風的了解和領悟而已。

夢窗之外，在這第二階段還要深入學習白石詞。白石詞以「古雅峭拔」或「清虛騷雅」見稱，其來源是清真和稼軒，其影響碧山甚深。白石與清真、稼軒兩人的傳承問題，上文已提過了。至於他與碧山的關係，玉田早就指出：「碧山……工詞，琢語峭拔，有白石意度。」（《山中白雲詞・瑣窗寒詞序》）可

見，學詞的人在第一階段時已透過學碧山而略窺白石，故到了這階段時全面地學習白石也不致太困難了！

在第二階段，還要參考梅谿與玉田詞。白石認為梅谿「奇秀清逸」，又「有李長吉之韻」；而玉田則以「空靈為主，婉麗為宗」。梅谿詞風本與夢窗相近，而實際上在某程度某方面，如愛用麗字和帶李賀神韻，影響了夢窗。玉田詞則是明顯地從白石詞發展而來的，同時，多多少少也受到梅谿詞的影響，因為梅谿是他的前輩，他們同屬於「疏體」詞派，都是直接受到白石影響的。這一階段是學詞者最辛苦的時期，因為他們要面對四位大詞人，要深入地向他們學習。學詞者在他們的作品裏可以得到豐富的藝術技巧，感受對事物的不同反應，進而可以進一步接近他們的偶像 —— 清真，準備領悟他出神入化的作詞藝術。經過了這一階段，他們已把自己鍛煉好，有足夠的功力去研習清真詞了！

三、以還清真之渾化

清真詞，玉田形容它們「渾厚和雅」（張玉田《詞源》）。陳振孫說它們「渾然天成，……富豔精工」（《直齋書錄解題》）；戈載更說它們「其意澹遠，其氣渾厚，其音節又復清妍和雅」，認為他「最為詞家之正宗」（《宋七家詞選》）。清真是北宋詞之集大成者，又是「格律派」之遠祖，他的詞已達到了「渾化」的境界！陳洵慨歎而仰慕地說：「清真則幾於化矣。」（見其《海綃說詞》）作詞而到「渾化」的地步，已到了巔峯，無

可復進了！此所以王國維認為清真是詞中的杜甫，是「詞聖」。

「還清真之渾化」是學詞者之最後階段，亦是他們的終極目標。由清真，經白石、夢窗，到碧山等詞家的發展是「格律詞派」的向前發展，是歷史性的發展；而從碧山，歷夢窗、白石等人到清真是還源逆上，是學詞的途徑。一往前進，一往上追，是完全相反的。為甚麼學詞要往上追呢？道理很簡單，因為越古的詞人越有成就，至少，在「格律派」來說，它的遠祖 —— 清真，便是這一派最有成就的詞人，故此，他被尊為「詞聖」。文學和藝術往往是這樣的。例如書法吧，誰人可比王羲之（303—361）呢？繪畫方面，誰人勝過王維（692—761）呢？在詩史上，除了杜甫，還有誰人有資格被稱為「詩聖」呢？這是事實，也是很無奈的事實！

《荀子‧勸學篇》有這樣的一段話，它給我一個啟示：

「學惡乎始？惡乎終？曰：其數則始乎誦《經》，終乎讀《禮》，其義則始乎為士，終乎為聖人。」

而今我試轉換幾個字而變成以下的樣子：

「其數則始乎讀《碧山》，終乎讀《清真》，其義則始乎為詞人，終乎為詞聖。」

「詞聖」者，清真也。學詞的最後階段是讀《清真詞》，

最終的目標是要成為清真一般的「詞聖」！但希望與奮鬥是一回事，成功與否又是另一回事。「天生」的未必一定會「人成」的，荀子早就說過了。

有些詞人，甚至有些詞學專家，認為學清真可以單刀直入，一開始便學他，不從其他詞人入手，以為這樣便終可達到他的「渾化」境界。結果，學到非驢非馬，一無所得，徒勞無功！二十世紀十大詞人之一的陳洵說：

「讀周氏《四家詞選》，即欲從事於美成。乃求之於美成，而美成不可見也。……於是乎求之於夢窗，然後得之。因知學詞者，由夢窗以窺美成，猶學詩者由義山以窺少陵，皆涂轍之至正者也。今吾立周、吳為師，……」（《海綃說詞》）

詞才之大如陳洵者亦不能直接學清真而得清真，更遑論其他詞人了。為何會這樣呢？因為清真詞過於高深，渾化無痕，幾無法學習，更無法可致也。

學詞，正如從事其他學問一樣，是要循序漸進的，不可一步登天。一如我們學武功，先要學站樁，然後學推手，繼而學攻防之術。又如學參禪，要學禪宗的「漸進」式，「漸悟」法，一步一步地學，不能學它的「頓悟」法，否則，到頭來一點也學不到，徒虛費光陰而已。

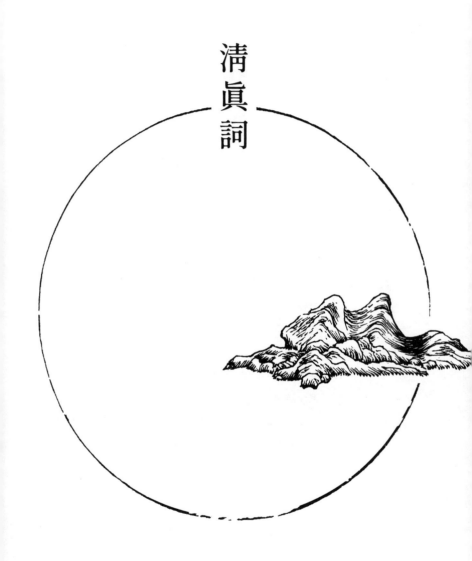

清眞詞

一 | 玉樓春

桃谿不作從容住。秋藕絕來無續處。
當時相候赤闌橋，今日獨尋黃葉路。

煙中列岫青無數。雁背夕陽紅欲暮。
人如風後入江雲，情似雨餘黏地絮。

語譯

我不能在桃溪從容地住下去了！唉，秋藕斷了便沒有
再續的餘地。當時我倆互相在赤欄橋等候，現在我卻
孤獨地找尋堆滿了黃葉的小徑。

在煙靄裏有無數青色的山巒排列。當鴻雁背着紅色夕
陽之際，天色漸漸變得幽暗，黑夜將臨了！人好像被
風吹散後的雲彩，在江面上飄浮不定。我的情思卻如
雨後黏在地上的花絮，牢牢地一動也不動呢！

二 ｜ 蝶戀花

早行

月皎驚烏棲不定。更漏將闌，轆轤牽金井。喚起兩眸清炯炯。淚花落枕紅綿冷。

執手霜風吹鬢影。去意徘徊，別語愁難聽。樓上闌干橫斗柄。露寒人遠難相應。

皎潔的月亮驚醒了烏鴉，令到牠們棲息不安。報更的刻漏聲將要殘盡了，金井上的汲水器已被牽動，發出聲音，顯示人們已經起牀工作了。我把她喚起，看見她一對眼睛清澈明亮；又注意到她的眼淚 —— 如落花的眼淚早已滾落枕頭，使到紅綿芯濕透而變得冰冷！

我們互相執着對方的手。霜冷的曉風吹着她的如影一般飄忽的鬢髮。是否應該離去呢？她心中徬徨，毫無主宰！她的離別説話充滿哀愁，令人聽得心裏難受。北斗七星的斗柄二星已低垂，橫陳在樓閣的欄杆上了。露水寒冷，人已遠去，我只聽到雞聲在四方彼此呼應而已！

三 | 瑣窗寒

寒食

暗柳啼鴉，單衣佇立，小簾朱戶。桐陰半畝，
靜鎖一庭愁雨。灑空階、更闌未休，故人
翦燭西窗語。似楚江暝宿，風鐙零亂，少年
羈旅。

遲暮。嬉游處。正店舍無煙，禁城百五。旗
亭喚酒，付與高陽儔侶。想東園、桃李自春，
小脣秀靨今在否。到歸時、定有殘英，待客
攜尊俎。

烏鴉在幽暗的柳樹裏啼叫啊！我穿着單薄的衣服，在小簾之側朱戶之前久立着。眼前是半畝的梧桐樹，陰陰暗暗，靜靜地困鎖着庭院裏令人發愁的細雨。雨灑在空無一物的梯階上，到了夜將殘的時候仍未停止。如果此際能夠與故友在西窗之下翦燭談心多好呢！可歎的是，我現在的情況像少年時寄居作客一般：暮宿在南方的江水，看着風吹燈影，凌亂不堪！

我已步入暮年了！昔日嬉戲遊玩之處，現時正是店舍空無人煙，而宮城熱鬧地過着清明節前一兩日的寒食節的時候。在市樓呼喚飲酒之事，此刻交給秦末放浪形骸的高陽酒徒酈生好了！我想，在東園裏桃花與李花在春天只獨自開花而已，因為不知道生有細小的朱脣和秀美的臉龐的人兒現今是否還存在。等到我回去的時候，相信一定還有凋殘花朵，等待着我這個客人攜着盛載酒肉的器皿與我共同享受一番呢！

旅況

暗塵四斂，樓觀迥出，高映孤館。清漏將短，
厭聞夜久，鐵聲動書慢。桂華又滿，閒步露
草，偏愛幽遠。花氣清婉。望中迤邐，城陰
度河岸。

倦客最蕭索，醉倚斜橋穿柳線。還似汴隄，
虹梁橫水面。看浪颭春鐙，舟下如箭。此行
重見。歎故友難逢，羈思空亂。兩眉愁、向
誰舒展。

四面灰暗的塵埃都已收斂起來了。樓觀在遠處聳現，高高地對映着孤單的旅館。清寒的滴漏將會在很短的時間漏盡，而我在晚上聽聞漏箭之聲驚動書齋太久，也厭倦了！桂花又開遍了樹枝。我悠閒地在沾滿了露水的草叢散步，因為我特別喜愛幽靜而偏遠的地方。那裏花草的氣味清新又溫和啊！遙望之中，城牆的背面曲折連綿，一直通到河水的岸邊。

我這個厭倦作客他鄉的人覺得最寂寞了。帶着醉意的我倚傍着斜橋，以穿玩柳條排悶呢！又好似當日在汴堤上橫跨水面的虹橋的情境。看啊，波浪搖蕩春燈之際，小舟隨水流而下，如箭一般的飛快！此行我會再見到他的。我慨歎故友很難有相聚的機會，故此這個時候我羈旅的情懷頗為虛幻飄忽和凌亂！我的一雙愁眉，向誰人伸展呢？

地僻無鐘鼓。殘鐙滅、夜長人倦難度。寒吹
斷梗，風翻暗雪，灑窗填戶。賓雁慢說傳書，
算過盡、千儔萬侶。始信得、庾信愁多，江
海恨極須賦。

淒涼病損文園，徽絃乍拂，音韻先苦。淮山
夜月，金城暮草，夢魂飛去。秋霜半入青鏡，
歎帶眼、都移舊處。更久長、不見文君，歸
時認否。

地區荒僻，沒有鐘鼓繁鬧之事。殘燈熄滅了，可是人雖倦，總是不能入睡，真是很難度過漫漫的長夜啊！寒風將草木吹斷，又翻動了細下的雪，令到它灑在窗牖上和堆積在門戶之前。賓鴻輕謾地說牠們可以傳書。我計算一下，牠們已過盡千萬儔侶，但牠們何曾得到一點消息呢！此際我纔相信為甚麼南北朝的文學家庾信的愁那麼多，和南朝江淹的怨恨到極的時候必須賦詠了。

漢代的司馬相如為疾病所煎熬，以致身軀瘦損，淒涼極了。他忽然挑撥琴弦，音韻一開始便表現出悽苦的情調。眼見淮山之夜月和金城河之暮草，多荒涼啊，我的夢魂都想離去呢！我臨清鏡自照，發覺自己的頭髮一半已如秋霜那麼白了。更慨歎衣帶之眼孔已移離舊處而往新處。更何況，不見妻子很久了。將來我回到家的時候，不知道她還認得我嗎？

六 花犯

梅

粉牆低，梅花照眼，依然舊風味。露痕輕綴。
疑淨洗鉛華，無限佳麗。去年勝賞曾孤倚。
冰盤同燕喜。更可惜、雪中高樹，香篝薰
素被。

今年對花太怱怱，相逢似有恨，依依愁悴。
吟望久，青苔上、旋看飛墜。相將見、脆圓
薦酒，人正在、空江煙浪裏。但夢想、一枝
瀟灑，黃昏斜照水。

粉白的垣牆低矮。梅花照耀着我的眼睛，它仍舊是以前的風格和韻味啊！露水的痕跡輕輕地點綴在它上面，似乎已經洗淨了脂粉，展現出它無比的美麗本色。去年曾經倚傍着它，我享受優越而美好的觀賞。面前放着如冰霜那麼晶瑩潔淨的果盤，我們共同飲宴享樂。更可愛的是，雪中這棵高大的梅樹，如薰香竹籠一般將蓋着它的如白色被鋪的雪都薰香了！

今年賞花太匆忙了。我們相逢，但好似心裏有些怨恨，彼此依戀不捨，而且又面帶憔悴呢！我吟詠和凝視梅花一段長時間了。頃刻間，我看見梅花翻飛，墜下來，落在青苔上面。人們即將見到以爽脆而形如彈丸的梅實薦新佐酒的時候，我就會身在空闊的江水上和煙靄迷漫的波浪中！那時我只會夢想，一枝清高脫俗的梅花，在黃昏的時候傾斜地映照在水面上。

波落寒汀，邨渡向晚，遙看數點帆小。亂葉翻鴉，驚風破雁，天角孤雲縹緲。官柳蕭疏，甚尚挂、微微殘照。景物關情，川途換目，頓來催老。

漸解狂朋歡意少。奈猶被、思牽情遠。座上琴心，機中錦字，覺最縈懷抱。也知人，懸望久，薔薇謝、歸來一笑。欲夢高唐，未成眠、霜空已曉。

寒冷小洲外的水波已經回落，村口的津渡已臨傍晚，我遙遠地看見幾點細小的帆影。烏鴉在亂葉中翻飛，疾風將雁陣吹破。天邊孤飛的浮雲高遠又隱約。官府所種的柳樹頗為稀疏，但仍然掛着微微的殘陽夕照！景物是容易觸動情思的，而水上的旅途能使我觀賞的東西常常變換，這樣，我好似即時被催逼進入老境一般。

我漸漸了解到，狂放的朋友和歡樂的意趣越來越少了。奈何這個時候仍然被思緒所牽動和情感所纏繞！我覺得，座上彈琴的心意和織錦上迴文詩的情思最旋繞着我的心。我也明白到，人牽掛盼望一段長時間後，薔薇花謝之時，所懷念的人應該歸來，自然笑逐顏開了！我真想如戰國時宋玉創作的《高唐賦》所寫的楚王一般，夢入高唐與神女歡會，酣睡一番。可是還未成眠，如霜冷的天空已破曉了！

八 ｜ 瑞鶴仙

悄郊原帶郭。行路永、客去車塵漠漠。斜陽
映山落。歛餘紅、猶戀孤城闌角。凌波步弱。
過短亭、何用素約。有流鶯勸我，重解繡鞍，
緩引春酌。

不記歸時早暮，上馬誰扶，醒眠朱閣。驚飆
動幕。扶殘醉，遶紅藥。歎西園、已是花深
無地，東風何事又惡。任流光過卻。猶喜洞
天自樂。

語
譯

郊野的平原靜悄悄地緊連着外城。人客離去之時車馬揚起了泥塵，瀰漫着長長的行人路。斜陽映照着山巒，漸漸地落下去了。但它即將消逝的餘紅仍然不肯捨離，照射着孤城欄杆的一角。我所攜的妓女雖然步履輕盈，但此時已不能多走了。我們經過短亭，意外地遇見朋友。其實，何須預先約定呢？有流鶯一般的歌妓勸我，再次解下刺繡精美的馬鞍，慢慢引杯，品嘗春酒。

我記不起歸去時早已入暮；更記不起誰人扶我上馬。當我醒來時已發覺在朱紅色的樓閣酣睡了一會。一陣狂風，吹動了簾幕。我帶着殘醉，環繞着紅色的芍藥花而漫步。我慨歎此際西園已經厚厚地舖滿了落花，沒有剩餘的地方了，但東風為了甚麼事情又作惡狂吹呢？任如水流一般的時光過去吧！我仍舊一樣開心，好似在洞天裏怡然自得呢！

九 | 慶春宮

悲秋

雲接平岡，山圍寒野，路回漸轉孤城。衰柳啼鴉，驚風驅雁，動人一片秋聲。倦途休駕，澹煙裏、微茫見星。塵埃顦顇，生怕黃昏，離思牽縈。

華堂舊日逢迎。花豔參差，香霧飄零。絃管當頭，偏憐嬌鳳，夜深簧暖笙清。眼波傳意，恨密約、匆匆未成。許多煩惱，只為當時一眴留情。

浮雲連接着平坦的山脊,山巒圍繞着荒寒的郊野,路徑迂迴曲折,漸漸轉入孤清的城鎮。烏鴉在衰殘的楊柳裏啼叫,疾風將雁兒吹走,多麼動人的一片秋聲啊!我在旅途上疲倦了,便下馬休息。在慘淡的煙霞裏,我隱約地看見天空上曠遠的星光。行役中,我風塵僕僕,以致形容憔悴。真是很怕在黃昏的時候,被離情別思所牽惹和纏繞呢!

我記得昔日在華麗的廳堂逢迎的情況。那裏佳麗如花,各有特色。她們身體上發出的香氣如煙霧一般,到處飄散。弦管各種樂器擺在面前,我偏愛那些歌聲如鳳凰一般美好的歌伎。夜深之時當笙簧被焙暖之後,笙的聲音便特別清越可愛。她以眼波傳達情意。我只恨與她的秘密約會在匆忙之際未能成事。唉,很多煩惱啊,只因當時片刻間留下情意呢!

拜星月慢

夜色催更，清塵收露，小曲幽坊月轉。竹檻
鐙窗，識秋孃庭院。笑相遇，似覺瓊林玉
樹相倚，暖日明霞光爛。水眄蘭情，總平生
稀見。

畫圖中、舊識春風面。誰知道、自到瑤臺畔。
眷戀雨潤雲溫，苦驚風吹散。念荒寒、寄宿
無人館。重門閉、敗壁秋蟲歎。怎奈何、一
縷相思、隔谿山不斷。

語
譯

夜晚的景色催促着更次過去。塵埃已澄清，露水亦已消失了。曲坊細小而幽靜，襯着月色的轉移。那裏的欄杆用竹製成。望進窗內，可見燈光。就在這個環境中，我在庭院裏認識我的「秋娘」的。我倆相遇，很開心啊！互相偎倚時，我覺得她的身軀如瓊枝玉樹一般美妙；她的容貌宛若日間霞彩，溫暖可愛，光艷照人！她的眼睛如水一般明艷，而情意如蘭花一般溫馨。總言之，是我平生很少見到的。

她的如春風一般溫和可親的面容，我從前只可在畫圖中見到。誰知道，此刻我已經不知不覺地到了瑤臺之畔呢！我眷戀雨水的滋潤和雲彩的溫暖。可惜淒涼地它們被疾風所吹散了！當我想到，在荒寞寒冷之中，寄宿在無人居住的客館裏，多感慨啊！我掩閉着重門，孤單地愁聽在殘壁中秋蟲的歎息。無奈，我的一縷相思，就算隔着溪水和山巒，也仍然沒有終斷的！

綺寮怨

上馬人扶殘醉，曉風吹未醒。映水曲、翠瓦
朱簷，垂楊裏、乍見津亭。當時曾題敗壁，
蛛絲罩、淡墨苔暈青。念去來、歲月如流，
徘徊久、歎息愁思盈。

去去倦尋路程。江陵舊事，何曾再問楊瓊。
舊曲淒清。斂愁黛、與誰聽。尊前故人如在，
想念我、最關情。何須渭城。歌聲未盡處，
先淚零。

語
譯

我帶着殘醉，被友人攙扶上馬。曉風吹送，但仍然不能令我清醒。翠綠色的瓦片和朱紅色的屋檐映照在曲折的流水中。忽然間，在垂楊深處，我見到渡口的亭子！當時我曾在亭子的破壁題上詩句，但現在已為蛛絲所籠罩，而且墨跡亦變得慘淡了，斑駁地長滿了青到令人目眩的苔蘚。想到半生來來去去，光陰如流水一般消逝，真是無奈！我在亭子裏徘徊了一段頗長的時間，唏噓歎息，哀愁的思緒充滿了心頭！

去吧！去吧！我真的為不斷踏上征途而感厭倦了！在江陵發生過的舊事，何曾要再問唐代與詩人白居易、元稹交好的歌伎楊瓊呢？她唱着舊曲，調子淒涼清冷。她雖然將愁眉收斂起來，但唱歌給誰人聽呢？飲酒的時候，如果有故友一起，我相信他一定關心我，極為關注我的情懷。何須一定要唱唐代詩人王維的《渭城曲》呢？她的歌聲還未完全停止，我的淚水已先流下來了！

解連環

怨懷誰託。嗟情人斷絕，信音遼邈。縱妙手、能解連環，似風散雨收，霧輕雲薄。燕子樓空，暗塵鎖、一牀絃索。想移根換葉，盡是舊時，手種紅藥。

汀洲漸生杜若。料舟依岸曲，人在天角。慢記得、當日音書，把閒語閒言，待總燒卻。水驛春迴，望寄我、江南梅萼。拚今生，對花對酒，為伊淚落。

憂怨的懷抱毫無寄託啊！我嗟歎情人斷離隔絕之後，音訊非常遙遠渺茫呢！我誠然是能解古代玉器玩具「玉連環」的妙手，但事情已如風吹散，雨停止，霧變輕，雲變薄了。燕子樓中的人已不存在，只剩下灰暗的塵埃封蓋着牀上的樂器而已！我想，移根換葉再生的花卉，通通都是舊時她親手種植的紅芍藥呢！

水中的小洲已經漸漸生滿杜若草了。我料想，她的小舟早已靠着曲折的岸邊移動離去，此刻人已在很遠的地方了！我不經意地記得，她當日寫給我的書信。如今這些不切實際的言辭，待我通通把它們燒毀吧！當春天再回來水濱驛站的時候，盼望她會寄贈我一枝江南的梅花呢！我這一生，就算賞嬌花飲美酒都會捨棄，只為她日夕流淚而已！

西河

金陵懷古

佳麗地。南朝盛事誰記。山圍故國遶清江，髻鬟對起。怒濤寂寞打孤城，風檣遙度天際。

斷崖樹，猶倒倚。莫愁艇子曾繫。空餘舊迹鬱蒼蒼，霧沈半壘。夜深月過女牆來，傷心東望淮水。

酒旗戲鼓甚處市。想依稀王謝鄰里。燕子不知何世。向尋常巷陌人家，相對如說興亡，斜陽裏。

這是個美好的地方啊！但誰人會記得南朝興盛的事跡呢？山巒包圍着故鄉，又環繞着清澈的江水。它們形如女子的髻髮，在兩岸對峙屹立着。憤怒的波濤在寂寞的環境中擊拍着孤城。張開着風帆的船隻度過遙遠的天邊。

生在斷崖的那棵樹，仍然倚靠着崖邊倒掛。傳説中善歌謠的莫愁的小艇曾經綁繫在那裏。現在徒然遺留下來舊時的痕跡在青蔥的樹林裏。只看見雲霧彌漫，遮蓋了半座營壘。夜深之時，月光移過城上的小牆，我傷心地東望秦淮河。

酒樓、戲館這些繁華的場所，在市區裏是眾多的。想來，東晉的顯赫家族 —— 王氏謝氏彷彿是比鄰而居啊！燕子不知道現在是甚麼世代了，牠們飛入尋常街道的人家，與他們對話。看，他們在夕陽西下之際，好像訴説南朝歷代興亡之事呢！

風流子

楓林彫晚葉，關河迥、楚客慘將歸。望一川
暝靄，雁聲哀怨，半規涼月，人影參差。酒
醒後、淚花銷鳳蠟，風幕卷金泥。碪杵韻高，
喚回殘夢，綺羅香減，牽起餘悲。

亭皋分襟地，難堪處、偏是掩面牽衣。何況
怨懷長結，重見無期。想寄恨書中，銀鉤空
滿，斷腸聲裏，玉筋還垂。多少暗愁密意，
惟有天知。

楓林裏衰老的樹葉開始凋謝了。關河遙遠，我這個滯留在南方的旅客又將要離開此地到別的地方去，真是淒涼！遠望昏暗的雲氣籠蓋着一川流水，聽見雁聲哀怨，見到半輪冷月，映襯着人影雜亂不齊。酒醒之後，看見畫有鳳鳥花紋的蠟燭正在燃燒着，滴下如花的蠟淚；又看見風捲起嵌上金線的帳幕，翻動起舞！搗衣棒打在搗衣石上，發出頗高的聲浪，把我的殘夢驚醒。美麗羅衣的香氣已經消失了。這一切都牽起我剩餘的悲哀。

水邊的亭子是我倆分別的地方啊！到難分難捨之際，我們惟有掩面飲泣，互相牽衣，不讓對方離去。何況想到憂怨的懷抱會長久鬱結，彼此重見又沒有時日呢！想將怨恨寄託在書信之中，但徒然密密麻麻寫滿了字句而已。我肝腸寸斷，悲哀哭泣，雙淚下垂如玉筯一般。我心裏有多少幽暗的愁怨和不可告人的情意，只有天公知道吧！

霜葉飛

露迷衰草，疏星挂，涼蟾低下林表。素娥青
女鬥嬋娟，正倍添淒悄。漸颯颯、丹楓撼曉。
橫天雲浪魚鱗小。見皓月相看，又透入、清
暉半晌，特地留照。

迢遞望極關山，波穿千里，度日如歲難到。
鳳樓今夜聽秋風，奈五更愁抱。想玉匣哀絃
閉了。無心重理相思調。念故人、牽離恨，
屏掩孤顰，淚流多少。

露水遮蓋着衰敗的草叢。幾點稀疏的星星遙遙地掛在天空中。寒冷的月亮於樹林外低垂着。月亮之神嫦娥與霜雪之神青女在爭妍鬥麗啊！這正是加倍增添淒冷與寂靜的時候。丹楓被風吹動，逐漸地發出颯颯的聲響，好似在撼擊正在破曉的天空。如細小魚鱗狀的雲塊堆積起來了，如波浪一般橫在天際。月光好像探望朋友一般，又一次短暫地射入它清亮的光輝，特意留下它的照影。

路程很遙遠啊！我遙望關山之盡頭處，眼波已穿過千里那麼遠呢！度日已如度年那麼緩慢，千里之外的地方真是很難到達的。今晚她在鳳樓裏獨自愁聽秋風之聲。無奈這樣的懷抱一直持續到五更天亮之時呢！料想，用來載着彈奏哀曲的樂器的玉製小箱都關閉了。她一定無心情再彈奏訴説相思之苦的曲調！當她念及故人的時候，必定牽惹起她的離別之恨。躲在屏風後面的她獨自皺眉，不知道她淚流多少呢？

蘭陵王

柳陰直。煙裏絲絲弄碧。隋隄上、曾見幾番，
拂水飄綿送行色。登臨望故國。誰識。京華
倦客。長亭路、年去歲來，應折柔條過千尺。

閒尋舊蹤迹。又酒趁哀絃，鐙照離席。梨花
榆火催寒食。愁一箭風快，半篙波暖，回頭
迢遞便數驛。望人在天北。

悽惻。恨堆積。漸別浦縈迴，津堠岑寂。斜
陽冉冉春無極。念月榭攜手，露橋聞笛。沈
思前事，似夢裏，淚暗滴。

柳樹的陰影成一直線。在煙靄裏一條條的柳絲都在賣弄它們的碧綠的姿色。在隋煬帝開的通濟渠而沿河築堤種柳的隋堤之上，我曾不少次看見柳絲拂水，柳絮飄揚，送別即將行役的人們！我登上高處，遠望故鄉。但誰人會認識我這個厭倦於京華作客的人呢？在長亭的路上，人們年去年來，他們所折的柔軟柳條加起來應該超過一千尺那麼長了。

我悠閒地找尋舊日的蹤跡。又一次趁着悲哀的音樂而飲酒；燈光又一次照耀着離別的筵席。滿眼梨花和榆樹，我意識到「榆木取火」的風俗將快來臨，而它們正在催迫着寒食節的到來呢！那踏上征途的人，離去的船隻順風而行，為其快如箭而發愁。撐船的竹竿只不過一半沒入暖波之中而已，他回頭顧望時已經渡過了數個驛站，離開原地很遠了；他望見送行的人已經遠在天之北方！

我很悲傷啊！離恨重重地堆積在心頭。在送別的浦口水波已漸漸迴旋，而津渡和土堡都已變得很清冷。斜陽慢慢地移動，春色真是無邊無際呢！我想念到當時我們在月色之下臺榭之中雙雙攜手的情況，又想到我們在沾滿露水之橋上傾聽笛韻的時刻。我深沉地思念過去的事情，好似在夢中發生一般，不知不覺淚水已暗暗地滴下來！

春雨

對宿煙收，春禽靜，飛雨時鳴高屋。牆頭青
玉旆，洗鉛霜都盡，嫩梢相觸。潤逼琴絲，
寒侵枕障，蟲網吹黏簾竹。郵亭無人處，聽
簷聲不斷，困眠初熟。奈愁極頻驚，夢輕難
記，自憐幽獨。

行人歸意速。最先念、流潦妨車轂。怎奈向、
蘭成顦顇，衞玠清羸，等閒時、易傷心目。
未怪平陽客，雙淚落、笛中哀曲。況蕭索、
青蕪國。紅糁鋪地，門外荊桃如菽。夜游共
誰秉燭。

我對着隔夜的煙霧,它漸漸地消散了。春天的禽鳥已經靜下來,只聽見翻飛的雨點不時地打在高聳的屋宇上,發出陣陣聲響。牆邊的竹枝,青綠如玉,狀如燕尾的旗幟。它們皮上的粉霜都被雨水清洗淨盡了,而幼嫩的枝末在雨中互相碰擊呢!濕潤的天氣影響琴的弦線,不能發出清脆的聲音。寒氣侵入帷帳,甚至枕頭!昆蟲的絲網被風亂吹,黏在竹簾上。旅途上的館舍裏,除了我之外,完全沒有其他人。我傾聽雨打屋檐之聲,沒有間斷。我困倦而眠,剛剛熟睡。無奈憂愁到了極度之時,頻頻驚醒!我做了一個淺夢,但很難記得起了。獨自處在這個幽靜環境之中,我真是可憐啊!

行役的人意欲急速歸去。我最先想及到的是,路上的大水會妨礙車轂前進。奈何我好像南北朝時的文學家庾信那麼抑鬱憔悴,又好像晉朝風采極佳的衛玠一般清癯瘦弱!在無聊之際,外界的環境最容易令我傷心。怪不得當漢代平陽客馬融吹笛中哀曲的時候,雙淚掉下來了。何況我現正處於景物淒涼,而又長滿了綠色野草的地方!門外紅色的落花鋪滿地上,櫻桃只不過如豆那麼大而已!試問這個時候誰人能與我秉燭夜游呢?

浪淘沙慢

曉陰重、霜彫岸草，霧隱城堞。南陌脂車待
發，東門帳飲乍闋。正拂面、垂楊堪攬結。
掩紅淚、玉手親折。念漢浦、離鴻去何許，
經時信音絕。

情切。望中地遠天闊。向露冷風清無人處，
耿耿寒漏咽。嗟萬事難忘，惟是輕別。翠尊
未竭。憑斷雲、留取西樓殘月。

羅帶光銷紋衾疊。連環解、舊香頓歇。怨歌
永、瓊壺敲盡缺。恨春去、不與人期，弄夜
色，空餘滿地梨花雪。

白天的陰氣濃重啊！降霜把岸邊的野草都凋殘了，霧靄又遮蔽着城上的矮牆呢！在南邊田間的小徑上，以脂膏塗轄的車正在等待着出發。東都門外，設帳飲餞別酒，要突然停止了。這正是拂面垂楊可堪挽結的時候啊！她一手遮掩着流下來的紅淚，一手親自為我折取楊枝。我念到，在此漢水之濱，這隻離別的鴻雁會飛去甚麼地方呢？相信過了一段時間，牠就會杳無音訊了！

我的情意很深切啊！遼望之中，只見地遠天闊而已。在露冷風清空無一人之處，聽到寒冷的壺漏的悲鳴聲，我心裏煩躁不安。我嗟歎，萬事之中，獨是輕別離最為難忘了！我不斷飲酒，以致綠色的酒杯從未乾竭。此際只能憑着殘斷的片片浮雲，留住西樓上空的即將消失的月亮。

羅帶的光澤已經消失，有花紋的被鋪已經折疊在牀上，不再開展。「玉連環」已經解體，昔日的香氣亦頓時終盡了。只有一曲漫長的怨歌，待我聽歌之時敲打玉壺，以致壺邊盡缺呢！我怨恨春天離去，不與人再會之期，而徒然剩下滿地如雪那麼潔白的片片梨花，在夜色之中賣弄它們的風姿而已。

章臺路。還見褪粉梅梢，試華桃樹。愔愔坊曲人家，定巢燕子，歸來舊處。

黯凝佇。因念箇人癡小，乍窺門戶。侵晨淺約宮黃，障風映袖，盈盈笑語。

前度劉郎重到，訪鄰尋里，同時歌舞。惟有舊家秋孃，聲價如故。吟牋賦筆，猶記燕臺句。知誰伴、名園露飲，東城閑步。事與孤鴻去。探春盡是，傷離意緒。官柳低金縷。歸騎晚、纖纖池塘飛雨。斷腸院落，一簾風絮。

走在章臺路上，我又見到梅枝已褪卻它的粉紅色，而桃樹剛剛開花了。坊曲中街道上的妓院幽靜得很。來安巢的燕子又回歸到舊日的地方。

我心神沮喪地呆立在那裏。因而想到那個人。她天真嬌小，剛剛從妓院伸頭探視。那時天剛破曉，她的打扮輕黃細安，舉起衣袖，遮面擋風，談笑風生，美妙得很！

我這個「前度劉郎」又回來了。為了她，我到處訪尋她以前的鄰居。與她同時唱歌跳舞的，只有舊日妓院的「秋娘」名譽身價如昔日一樣，她就毫無消息了！我吟詩賦詠，仍然記得當日我贈給她的詩篇。此際我怎知道誰人陪伴着她，在有名的花園露天而飲和在東城閒悠地漫步呢？昔日的情事與孤鴻一起消逝了！探望春天，原來全是為離別而悲傷的心意和情緒。官府所種植的柳條低垂，呈現金黃色。我騎着馬，很晚才回家。這時纖細的雨點飛灑在池塘上面。在庭院裏，我捲簾外望，看見滿天都是隨風起舞的花絮，我多心傷腸斷啊！

薔薇謝後作

正單衣試酒，恨客裏、光陰虛擲。願春暫留，春歸如過翼。一去無迹。為問花何在，夜來風雨，葬楚宮傾國。釵鈿墮處遺香澤。亂點桃蹊，輕翻柳陌。多情更誰追惜。但蜂媒蝶使，時叩窗格。

東園岑寂。漸蒙籠暗碧。靜遶珍叢底，成歎息。長條故惹行客。似牽衣待話，別情無極。殘英小、強簪巾幘。終不似、一朵釵頭顫裊，向人欹側。漂流處、莫趁潮汐。恐斷鴻、尚有相思字，何由見得。

這正是穿着薄衣和品嘗新酒的時候。我怨恨在他鄉作客,將光陰白白浪費!我希望春光暫時停留,可是它歸去如鳥兒飛過那麼迅速,一旦離去便毫無蹤影了。借問此際花在那裏可以見到呢?昨夜來了一場風雨,將楚宮有傾國之貌的美人 —— 花朵埋葬了,吹落了!她的頭釵和金花一類的首飾 —— 殘花墮在地上,遺下一些餘香。那些殘花一部分散亂地撒落在桃樹下的小路上,一部分輕輕地在種滿楊柳的小徑上翻飛。多情的人兒啊,還有那一個可為這些落花追歡惋惜呢?只有蜜蜂和蝴蝶,如媒人和使者一般,時時敲叩窗間的木格子而已!

東園十分寂靜。裏面生長茂盛的草木漸漸變得深暗碧綠。我靜悄悄地環繞着珍貴的花叢腳下踱步,唏噓慨歎。它們長長的枝條故意牽惹我這個行役的客人,好似拉着我的衣服,等待着與我談話,表現出無限離別的情意!殘花雖然細小,我仍勉強地將它簪戴在裏頭巾上。但始終不如一朵盛開的花在一個女士的釵頭上擺動,向着人家偎倚傾斜,搖曳生姿,那麼美妙呢!落花在水面漂流之處,切莫隨着潮汐之水被沖走啊!恐怕這些落花上面,仍然寫有相思的字句呢!但是,那裏可以見得到呢?

附錄

戈載「跋語」（節錄）

「清真之詞，其意澹遠，其氣渾厚，其音節又
復清妍和雅，最為詞家之正宗。所選更極精
粹無憾，故列為七家之首焉。」

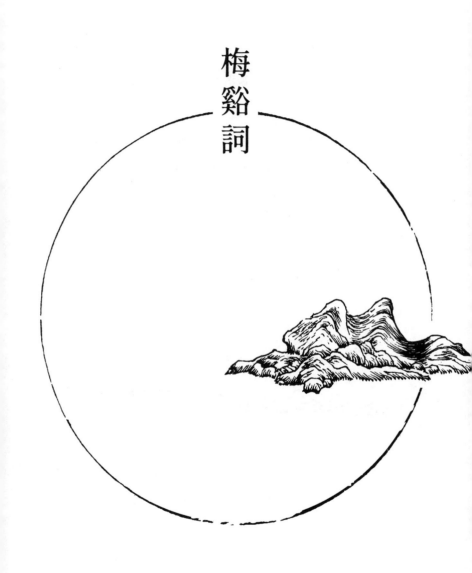

梅谿詞

臨江仙

草腳青回細膩，柳梢綠轉苗條。舊游重到合魂銷。櫂橫春水渡，人凭赤闌橋。

歸夢有時曾見，新愁未肯相饒。酒香紅被夜迢迢。莫教無用月，來照可憐宵。

語

譯

小草已經發芽返青了，細潤光滑；柳條已轉變成綠色，細長柔美。我重臨昔日遊歷過的地方，此際應該是傷心到魂離軀體的時候呢！船隻橫陳在遍是春水的渡頭，而男男女女都倚憑在紅色欄杆的小橋上。

思歸之夢有時曾經見過一些印象深刻的境況，而新來的哀愁卻未肯饒恕我，被它繼續纏擾住。雖然有香醇的美酒可飲，有紅色的衾被作伴，可是長夜漫漫啊！不要讓無用的月亮出現，它只會照着可憐的夜晚而已！

二　三姝媚

煙光搖縹瓦。望晴簷多風，柳花如灑。錦瑟橫牀，想淚痕塵影，鳳絃長下。倦出犀帷，頻夢見、王孫驕馬。譚道相思，偷理綃裙，自驚腰衩。

惆悵南樓遙夜。記翠箔張鐙，枕肩歌罷。又入銅駝，徧舊家門巷，首詢聲價。可惜東風，將恨與閒花俱謝。記取崔徽模樣，歸來暗寫。

語
譯

雲靄霧氣環繞着琉璃瓦，搖搖蕩蕩。我遠遠望見在晴空之下，多風之中的屋檐，而柳樹之花如雨一般灑下來。我幻想：裝飾華美的琴瑟，橫置牀上之時，她想起前塵影事，淚痕滿面，以致長期放棄可以發出聲如鳳鳴般的彈奏。她無精打采地步出以犀角鎮住的幃幕，不繼續睡覺了，因為在睡夢中她頻頻夢見乘坐着驕馬的王孫公子，惹起她心情不快。她隱諱不說出相思之苦，但當偷偷地整理生絲織成的衫裙之時，發覺腰間之衣已露出衩口而吃驚，原來自己已消瘦了不少！

我記起，在南樓度過漫長的一夜，惆悵極了。我還記得，當時低垂着綠色的簾幕，張掛着各種燈飾，我枕着香肩唱歌，直到唱完為止。我現在又一次進入洛陽的名街 —— 銅駝，遍訪舊日的妓院門巷，最重要的目的是查詢她現時的消息。可惜的是，在東風之中，這朵閒雅之花和她帶着的怨恨竟然已同樣離開這個世界！我記得她的美麗樣貌如唐代的河中府名娼崔徽一般，故訪尋完畢之後，回到家中，我暗暗地把她描畫出來。

三 | 東風第一枝

春雪

巧沁蘭心，偷黏草甲，東風欲障新暖。慢疑碧瓦難留，信知暮寒較淺。行天入鏡，做弄出、輕鬆纖軟。料故園、不卷重簾，誤了乍來雙燕。

青未了、柳回白眼，紅欲斷、杏開素面。舊游憶着山陰，後盟遂妨上苑。薰鑪重熨，便放慢春衫鍼線。怕鳳靴挑菜歸來，萬一灞橋相見。

春雪乖巧地沁入蘭花之心，又偷偷地黏住小草萌芽時的外皮，卻有意阻擋東風帶來初暖。我不經意地疑想，碧綠色的屋瓦是頗難留住春雪的，因我深知暮春的寒氣較為輕淺。春雪的飄流動態一如唐代韓愈的《春雪》詩所描寫的模樣：「入鏡鸞窺沼，行天馬渡橋。」它故意賣弄着輕鬆纖軟的樣子。我料想，昔日的花園，現在已沒有人捲起重重的簾幕，以致耽誤了突然歸來的雙燕！

初生的柳葉仍未完全變得青綠，因被春雪所沾染，故它們呈現出白色。杏花的紅顏差不多沒有了，因為幾乎被春雪遮蓋，故只露出素白的臉容。我記起，舊日故人的遊歷：如居山陰的王子猷，某夜大雪，忽憶其友戴安道，即夜乘坐小船訪之，而半途興盡而返的故事；又如梁王遊於梁苑（即菟園），大宴賓客，而司馬相如末至（「後盟」之意），梁王不悅，而使之居客之右，俄而雪下的故事。我最盼望的是，在家中重燃薰爐，她暫且放緩縫紉春衫的針線。但，我怕看見的是，她穿着繡以鳳紋之靴挑菜歸來的時候，萬一在大風雪中的灞橋與她相見呢！

立春日同高賓王賦

草腳愁蘇，花心夢醒，鞭香拂散牛土。舊歌
空憶珠簾，彩筆倦題繡戶。黏雞貼燕，想占
斷東風來處。暗惹起、一搦相思，亂若翠盤
紅縷。

今夜覓、夢池秀句。明日動、探花芳緒。寄
聲沽酒人家，預約俊游伴侶。憐他梅柳，怎
忍潤、天街酥雨。待過了一月鐙期，日日醉
扶歸去。

草根萌動了，如從愁悶之中蘇醒過來；花蕊綻開
了，如夢初醒。用五色彩絲結成的鞭杖，散發出
陣陣香氣，驅動着土牛，把牠們分送殿閣。我傾
聽舊時的歌曲，徒然想起當日貫珠之垂簾。雖有
彩筆，可惜我已厭倦在雕繪華美的門戶上題詩。
人們都在門戶上黏上雞形的畫飾和貼上燕形的剪
彩，似乎想斷絕東風吹進來。這些景象，暗地裏
牽起我微微的相思情緒，它們一如立春時節所特
別準備的翠盤中的紅縷那麼凌亂！

今晚，我要如晉代詩人謝靈運尋覓美若「池塘生
春草」的佳句。明日啊，我卻要動看花的興致。
我告訴賣酒的人家，為我預先約定盡興而遊的伴
侶。我最憐愛的是，那些梅花和柳條，它們在天
街小雨之中，潤澤如酥。但它們又如何能忍受這
般情況呢？待過了為期一個月的賞燈期再算吧，
因為在這段日子裏人們都天天飲酒，醺醺致醉，
甚至要靠他人攙扶才能歸家呢！

兩褏梅風，謝橋邊、岸痕猶帶陰雪。過了恩
恩鐙市，草根青發。燕子春愁未醒，誤幾處、
芳音遼絕。煙豞上、采綠人歸，定應愁沁
花骨。

非干厚情易歇。奈燕臺句老，難道離別。小
迳吹衣，曾記故里風物。多少驚心舊事，第
一是、侵階羅韈。如今但、柳髮晴春，夜來
和露梳月。

語
譯

我的兩袖充滿了梅花風啊！就在象徵着相愛之
人約會的謝橋的旁邊，沙岸上仍然帶着殘雪的痕
跡。過了短暫的上元燈節──燈市後，草根萌芽
了，發放出青綠色。由於春天惹來愁思，燕子還
不曾醒來，以致耽誤了來自遠方多處的嘉訊，因
而斷絕了。煙霧籠罩着溪谷，採摘王芻草的人自
那處歸來的時候，當她看到這般景致，她的愁緒
一定沁透了她的骨髓！

這並非與濃情容易終斷有關。奈何與唐代李商隱
寫的《燕臺》詩句一般含蓄，向佳人道別實難啟
齒。走在小徑上，任梅風吹襲我衣衿之時，我又
記起故鄉的景物。在那裏曾經發生過不少驚心動
魄的往事，而最難忘的是，遇見那位佳人。她在
夜間站在玉階上很久，因而她的羅襪也為白露沾
濕了。現時惟有披着如柳絲般的頭髮，在春風中
吹乾；到夜來之時，帶着露水，如同一把巨大的
梳子為月亮梳頭而已。

人若梅嬌。正愁橫斷塢，夢遠谿橋。倚風融漢粉，坐月怨秦簫。相思因甚到纖腰。定知我今，無魂可銷。佳期晚，慢幾度、淚痕相照。

人悄。天渺渺。花外語香，時透郎懷抱。暗握荑苗，乍嘗櫻顆，猶恨侵階芳草。天念王昌忒多情，換巢鸞鳳教偕老。溫柔鄉，醉芙蓉、一帳春曉。

她嬌美得如梅花一般！這正是愁緒橫陳在殘斷的河堤，和夢魂縈繞住溪上小橋的時候。她一時倚風而站，引致身上的脂粉香氣沁入了春風；又一時坐在月光之下吹簫，發出悽怨之聲。相思之苦為甚麼會侵蝕她的纖腰呢？她一定知道我到了今時今日，已是無魂可銷損的時候了！佳期已差不多終結，我們縱使彼此相對，傷心流涕多少次，都不過徒然而已！

人聲悄然啊！天涯又遠渺。花叢外邊談話散發出來的香氣，不時沁透着我的心窩。我偷偷地握着她柔荑般的玉手，又忽然親吻她櫻桃般的小嘴。我沒有停止過怨恨那些侵襲玉階的芳草，因為它們對我們來說是一種障礙！天公念在魏晉美男子王昌（其婦為任城王曹子文女，又傳為莫愁之情人）是個多情種，故讓他們結為夫婦，如鸞和鳳一般，雙宿雙棲，共同生活到老。他們因而共宿溫柔之鄉，同在芙蓉帳裏沉醉，直到春日破曉之時呢！

七 | 壽樓春

尋春服感念

裁春衫尋芳。記金刀素手，同在晴窗。幾度因風殘絮，照花斜陽。誰念我、今無裳。自少年、消磨疏狂。但聽雨挑鐙，敧牀病酒，多夢睡時妝。

飛花去，良宵長。有絲闌舊曲，金譜新腔。最恨湘雲人散，楚蘭魂傷。身是客、愁為鄉。算玉簫、猶逢韋郎。近寒食人家，相思未忘蘋藻香。

當我找尋她為我裁剪的春衫去尋覓芳草的時候，我記起昔日的情況：當日我倆同在明亮的窗戶之下，她潔白的玉手拿着金刀為我裁剪衣服。殘餘的飛絮多次乘風飄盪，而春花映照在斜陽之中。現時，還有誰會關注我沒有春衫呢？自少年開始，我的生命已消磨在狂放不羈的生活中。我只懂得挑燈聽雨聲；或倚在牀上，飲酒沉醉如病；而且經常穿着睡服，在白日做夢！

花絮乘風而去，但良夜卻漫長啊！幸而我擁有寫在以烏絲織成欄的卷冊上的舊曲，又有美譜和新調。但，最遺憾的是，她的人已如湘水上的浮雲飄散，她的魂魄亦如楚國的蘭花一般凋謝！現時我作客他方，而整個人都浸在愁苦之中呢！我推想，玉簫女仍然會遇到韋郎（韋皋）的。寒食節將臨了，就算人們在相思之時，應該還不致忘記作祭祀用的蘋藻之香氣的。

八 │ 齊天樂

中秋宿真定驛

西風來勸涼雲去，天東放開金鏡。照野霜凝，入河桂溼，一一冰壺相映。殊方路永。更分破秋光，盡成悲境。有客躊躇，古庭空自弔孤影。

江南朋舊在許，也憐天際遠，詩思誰領。夢斷刀頭，書開蠆尾，別有相思隨定。憂心耿耿。對風鵲殘枝，露蛩荒井。斟酌姮娥，九秋宮殿冷。

西風吹走了涼雲，好似特別進來勸它們離去一般。天空的東邊月亮高照，正如金鏡張開一樣燦爛。月光遍照曠野，彷彿田野上凝結了一層白霜；又照入河水，弄濕了種在月亮的桂樹。這一切的一切，都顯得非常潔白，如冰壺般映照地潔白。我此際正羈留在他方，路途距離家鄉很遙遠。況且，與親友阻隔，只好分別地各自欣賞秋光，大家都盡在悲慘環境之中。我這個遠在他方的旅客，猶豫不決地在古舊的庭院中，徒然自我憑吊孤獨的身影而已。

身在江南的朋友舊交，大抵也會憐惜我這個遠在天邊的人吧，但誰會領會我賦詩的情思呢？我還鄉的幻夢已破碎了，只好拆看親人寄來的書信 —— 那些書法勁如虿（如蠍子般的蟲）的尾巴的家書啊！這些書信與別不同的是，它們隱藏着相思之苦。我憂心得很，耿耿於懷。此際當我對着棲息於殘枝上、秋風中的鵲鳥和披着露水、隱藏在荒井之內的蟋蟀的時候，我思忖嫦娥於九秋之時，身處在月宮的冷落情況。

　瑞鶴仙

杏煙嬌溼鬢。過杜若汀洲，楚衣香潤。回頭
翠樓近。指鴛鴦沙上，暗藏春恨。歸鞭隱隱。
便不念、芳盟未穩。自簫聲、吹落雲東，再
數故園花信。

誰問。聽歌窗罅，倚月闌邊，舊家輕俊。芳
心一寸，相思後，總灰盡。奈春風多事，吹
花搖柳，也把幽情暗引。對南谿、桃萼翻紅，
又成瘦損。

梅谿詞

語
譯

籠罩着杏花的煙霧弄濕了她的嬌鬢。我們走過種滿杜若的水中小洲，她穿着的衣服都為杜若之氣味所薰染，香潤得很。我們回頭一望，原來名為翠樓的酒家是距離不遠的。指點着沙灘上的鴛鴦，我們都注意到牠們的心裏暗暗藏着春天帶來的怨恨。可是，我要趕着歸去，揮動着馬鞭，隱隱作聲。我顧不及美好的盟約此時仍未穩定呢！我一聽到從東方雲層吹下來的簫聲，便再一次細數故園的花信，看看此時應該到了那一番。

我應該向誰查問呢？也許，她此際正在透過窗隙聽歌；或在月光之下，倚着欄杆，懷念着舊日的年輕俊美的情郎。她那細小的芳心，經過相思痛苦之後，總會變成灰燼了！奈何春風好管閒事，竟吹動了嬌花和搖盪了柳條，又輕輕地引起了她暗藏在心中的情緒！她面對南溪，看見桃花翻作紅浪，從空中飄下，又令到她體瘦神傷呢！

喜遷鶯

元夕

月波疑滴。望天近玉壺，了無塵隔。翠眼圈
花，冰絲織練，黃道寶光相直。自憐詩酒瘦，
難應接、許多春色。最無賴，是隨香趁燭，
曾伴狂客。

蹤迹。慢記憶。老了杜郎，忍聽東風笛。柳
院鐙疏，梅廳雪在，誰與細傾春碧。舊情拘
未定，猶自學、當年游歷。怕萬一，誤玉人、
寒夜窗際簾隙。

月的光波十分明亮，好像從天滴下來一般。我望
見天空，如玉壺般潔白，覺得它距離我很近，完
全沒有塵埃的阻隔。翠綠色的柳梢美如眼睛，裝
飾着旋轉的燈籠。難得一見的「黃道光」直接從
天上照射下來，皎潔得如冰絲織成的熟絹。我可
憐自己因賦詩和飲酒而變得消瘦了，此際應該難
以應接這麼多的春色。最無可奈何的是，我與一
些狂放不羈的人士為伴，與他們一起追逐香塵和
燈燭。

這些是過往的蹤跡了，我不經意地記起。我這個
如唐代杜牧般的詩人，而今已經衰老了，那能夠
忍受聽見東風吹來的笛聲？滿種柳樹的院子只有
疏落的燈光，植有梅花之廳堂的積雪仍在，誰人
與我一起細飲春酒呢？舊日的情事仍未掌握得穩
當，我又以往一般到處遊歷了。恐怕萬一會耽
誤了美人兒，以致令我在寒冷的晚上，從窗際簾
隙間去窺看她呢！

湘江靜

暮草堆青雲浸浦。記悤悤倦篙曾駐。漁榔四
起，沙鷗未落，怕愁沾詩句。碧衰一聲歌，
石城怨、西風隨去。滄波蕩晚，菰蒲弄秋，
還重到、斷魂處。

酒易醒，思正苦。想空山、桂香懸樹。三年
夢冷，孤吟意短，屢煙鐘津鼓。屐齒厭登臨，
移橙後、幾番涼雨。潘郎漸老，風流頓減，
閒居未賦。

語
譯

入暮之際，看見小崗阜上長滿了青草；行雲倒映在河流注入江海之處，如沉浸在那裏。我記得，昔日因倦於旅遊，曾經匆匆將船停泊在此。那時，漁人以榔木叩擊船舷，榔聲四起；沙鷗高翔天際，仍不打算飛下來。雖然我有意賦詩，但卻怕愁緒沾染詩句。她穿着碧綠色的衣裳，在那兒高聲歌唱，歌聲隨着秋風飄揚，以致石城也悽怨起來！在晚上，滄海之波搖動不定；菰浦水草在秋天搔首弄姿。就在這個時候，我又重到這個地方——我們因分手而令到魂斷的地方啊！

我飲酒至醉，但到底是很容易醒來的；酒醒之後，思潮正是愁苦之時呢！我料想，在空山上桂花之香仍然懸掛於樹間。足足已三年了，我的夢依然是冷清清的。我孤獨地吟詩，可是意短悲長，同時不斷地聽到煙霧中隱約傳來的鐘聲和渡頭的鼓聲。如南北朝著名詩人謝靈運一般，我穿着有齒的木屐登山臨水，但已厭倦了！我將橙樹移栽之後，亦已經過數度秋雨了。我如晉朝美男子潘岳一樣漸漸老去，以致風流頓然消滅，但是，仍未想退休，還不曾寫就《閒居賦》呢！

綺羅香

春雨

做冷欺花，將煙困柳，千里偷催春暮。盡日
冥迷，愁裏欲飛難住。驚粉重、蝶宿西園，
喜泥潤、燕歸南浦。最妨他、佳約風流，鈿
車不到杜陵路。

沈沈江上望極，還被春潮晚急，難尋官渡。
隱約遙峯，和淚謝孃眉嫵。臨斷岸、新綠生
時，是落紅、帶愁流處。記當日、門掩梨花，
翦鐙深夜語。

春雨做成了寒冷，有意欺負花草；它又帶來煙霧，企圖把柳條困住。在千里之內，它暗暗地將春天驅入暮境。整天陰暗迷茫，在哀愁中它意欲消失，但仍然無法做到。蝴蝶恐怕因春雨沾濕，令到牠身上的光粉過重而要棲宿在西園；燕子則因泥土濕潤而感高興，所以飛返南浦。最妨礙他的風流韻事的是：既與情人約會，而其華貴之車卻不能到達京都郊外的風景區 —— 杜陵路。

在江上極目而望，江水茫茫無際。晚間的春潮，因春雨之故，來得頗為急速，因而令到旅客難以找尋官府設的渡船。隱隱約約看見遙遠的山峯，它們如同美人 —— 謝娘沾上淚痕一樣嬌美可愛！斷岸之處，當新綠萌生的時候，也是落花帶着愁緒隨水流逝的地方。我記起當日的情境：門戶深閉，任外邊的春雨打着梨花，我們卻在深夜之中，燈光之下，喁喁細語。

秋霽

江水蒼蒼，望倦柳愁荷，共感秋色。廢閣先
涼，古簾空暮，雁程最嫌風力。故園信息。
愛渠入眼南山碧。念上國，誰是、鱠鱸江漢
未歸客。

還又歲晚，瘦骨臨風，夜聞秋聲，吹動岑寂。
露蛩悲、清鐙冷屋，繡書愁上鬢毛白。年少
俊游渾斷得。但可憐處，無奈冉冉魂驚，采
香南浦，剪梅煙驛。

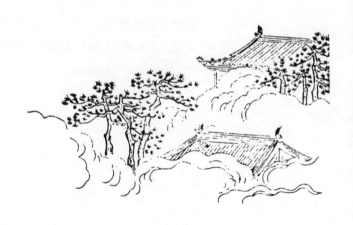

語
譯

眼前的江水，一片蒼茫！我望見疲倦的柳條和帶着愁緒的荷花，它們對秋天的景色都有共同的感受。荒廢的樓閣，早已為涼氣所侵；古舊的簾幕，空空洞洞，冷漠得如入暮一般。這個時候，正在飛行的鴻雁最怕的是強勁的風力。我盼望着故鄉的消息啊！我最愛的是，那些碧綠色的南面山巒映入眼簾。我惦念，在京師裏，誰人如晉人張翰般思念愛吃鱸魚鱠，想辭官回到江漢，卻未得歸去呢？

又一次歲暮來臨了！我這副瘦骨對着秋風，晚上聽着它在寂靜之中吹拂着。秋露降下，吟蛩悲鳴。屋內冷冷清清，只有清燈一盞。我翻閱書卷，可是愁緒滿懷，以致鬢髮已變得灰白了。年少時的盡情遊歷我雖完全獲得，但可憐的是，我身體柔弱，事情容易牽動我的神魂，例如在南面的水邊採香送別，或在煙霧迷離的驛站剪折梅花寄遠。這些都是無可奈何的事呢！

八歸

秋江帶雨，寒沙縈水，人瞰畫閣愁獨。煙篸散響驚詩思，還被亂鷗飛去，秀句難續。冷眼盡歸圖畫上，認隔岸、微茫雲屋。想半屬、漁市樵邨，欲暮競然竹。

須信風流未老，憑誰持酒，慰此淒涼心目。一鞭南陌，幾篙官渡，賴有歌眉舒綠。只恁恁眺遠，早覺閒愁挂喬木。應難禁、故人天際，望徹淮山，相思無雁足。

雨水灑在秋江之上，流水縈繞着寒冷的沙洲。我孤獨地遠望雕畫精美的樓閣，愁緒滿懷。漁人在煙雨中披着簑衣，散網落水，發出聲響，驚動了我的賦詩情思，但卻被亂飛的沙鷗驅走，以致佳句難以繼續！以冷淡的態度，我盡量將視力集中在美如圖畫的眼前景物，隱隱約約，我認得隔岸如雲狀的房屋。我推想，一半應該屬於漁市或樵村在傍晚入暮時爭着燃燒竹枝的景致吧。

我堅信，自己雖然風流，但仍未衰老；可是此時此際，靠誰與我一起飲酒，安慰我淒涼的內心呢？在南面的道路上，我孤獨地揮着馬鞭；又在官府設的渡頭多次停駐。幸而有賴以綠色畫眉的歌者為我展眉歌唱。每次只是匆匆忙忙遠望，但早已覺得閒愁掛在故鄉的高大的樹上。我的朋友，此際遠在天邊，就算我能望到淮山 —— 揚州一帶的山那麼遠，也沒有鴻雁為我將書信帶給他們！我對他們的思念實在是無法遏止的。

附錄

戈載「跋語」（節錄）

「周清真善運化唐人詩句，最為詞中神妙之境。而梅谿亦擅其長，筆意更為相近。予嘗謂梅谿乃清真之附庸。……張功甫序云：『情辭俱到，能事無遺，有瓌奇警邁清和閒婉之長，妥貼輕圓特其餘事。』姜白石亦歎其奇秀清逸，有李長吉之韻，蓋能融情景於一家，會句意於兩得者。」

白
石
詞

點絳脣

丁未冬過吳淞作

燕雁無心，太湖西畔隨雲去。

數峯清苦，商略黃昏雨。

第四橋邊，擬共天隨住。

今何許。憑闌懷古，殘柳參差舞。

語
譯

燕子和鴻雁真是沒有心肝，在太湖的西畔，牠們隨着
浮雲便飛走了！眼前的幾個山峯現出淒清愁苦的形
態，它們正在醞釀要在黃昏之際下雨呢！

在譽為天下第四橋的甘泉橋畔，我本來打算與天隨
子——唐代的詩人陸龜蒙同住的。但是，現時我卻在
甚麼地方呢？我憑着欄杆緬懷往古，只有凋殘的楊柳
作伴，忽高忽低地飛舞而已！

二 | 鷓鴣天

元夕有所夢

肥水東流無盡期。當初不合種相思。
夢中未比丹青見,暗裏忽驚山鳥啼。

春未綠,鬢先絲。人間別久不成悲。
誰教歲歲紅蓮夜,兩處沈吟各自知。

語譯

肥水向東流去,沒有完盡的時期啊!當初之時我就不應該種下這相思之苦了!我在睡夢中往往見到她,可是不如畫中來得真切呢!正沉醉於幽暗的夢境時,忽然被山鳥的啼叫驚醒了!

春天還未將萬物綠化之前,我兩邊的鬢髮已先變得如絲般白了!人生是這樣的,離別得太久了,就不再悲傷了!誰人令到我們年年歲歲在觀賞花燈之夜,兩地相隔,只能默默地思念對方?這種滋味只有我倆各自明白而已!

三 | 澹黃柳

（客居合肥南城赤闌橋之西，柳色夾道，依依可憐。正平調近。）

空城曉角，吹入垂楊陌。馬上單衣寒惻惻。看盡鵝黃嫩綠，都是江南舊相識。

正岑寂。明朝又寒食。強攜酒、小喬宅。怕梨花、落盡成秋色。燕燕飛來，問春何在，惟有池塘自碧。

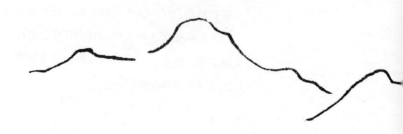

語

譯

在空無人跡的城裏，只聽到天破曉時的號角聲，它被風吹入種滿垂楊的路徑。我騎着馬，穿着薄薄的衣服，覺得寒意迫人，心境悲涼。我看盡了如淡黃色鵝毛的新綠柳樹，它們都是我在江南見慣的，如舊朋友一般。

此際正是非常寂靜的時候啊！明天又是寒食節了！我勉強攜着一壺酒，走到情侶小喬居處。因為我恐怕一旦梨花都凋落之時，秋天便會降臨了！到那時，燕子飛回來，問我春天在哪裏的時候，我無言以答，只剩得池塘孤獨地一片碧綠色而已！

四 | ## 清波引

（予久客古沔，滄浪之煙雨，鸚鵡之草樹，頭
陀、黃鶴之偉觀，郎官、大別之幽處，無日
不在心目間。勝友二三，極意吟賞。羯來湘
浦，歲晚淒然，步遠園梅，摘筆以賦。）

冷雲迷浦。倩誰喚、玉妃起舞。歲華如許。
野梅弄眉嫵。屐齒印蒼蘚，漸為尋花來去。
自隨秋雁南來，望江國、渺何處。

新詩漫與。好風景、長自暗度。故人知否。
抱幽恨難語。何時共漁艇，莫負滄浪煙雨。
況有清夜嗁猿，怨人良苦。

語
譯

淒冷的雲層迷困着水濱。應該請誰人去呼喚有
「玉妃」之稱的雪花起來舞蹈呢？一年的時光如此
啊，正是野生的梅花賣弄它們可愛的姿態的時候
呢！我們穿着木屐，為了尋覓梅花，到處奔跑，
它們的齒痕都漸漸印滿在蒼翠的苔蘚上。我自從
隨着秋天的鴻雁到來南方之後，只能遠望故鄉。
可惜它很渺遠，不知實際上在哪裏啊！

新詩寫得太隨意了！美好的風景長期是不知不覺
地便度過。朋友啊，你們知道嗎，懷着隱藏在心
中的怨恨是很難向你們啟齒的呢！我們甚麼時候
可以共泛漁艇，一起同遊呢？不能再辜負滄浪水
的煙雨美景了！何況在清冷的晚上，更有啼猿之
聲，哀怨感人，淒苦得很呢！

五 | 惜紅衣

（吳興號水晶宮，荷花盛麗。陳簡齋云：「今年何以報君恩，一路荷花相送到青墩。」亦可見矣。丁未之夏，予游千巖，數往來紅香中，自度此曲，以無射宮歌之。）

枕簟邀涼，琴書換日，睡餘無力。細灑冰泉，并刀破甘碧。牆頭喚酒，誰問訊、城南詩客。岑寂。高樹晚蟬，說西風消息。

虹梁水陌，魚浪吹香，紅衣半狼藉。維舟試望，故國渺天北。可惜渚邊沙外，不共美人游歷。問甚時同賦，三十六陂秋色。

我躺在竹製的枕頭和淋蓆上享受涼快，又靠着彈琴和看書來消磨時光。睡覺起來之後還是懶洋洋的樣子。我在冰冷的泉水下洗澡，泉水細細地飛灑下來。之後，以并州出產的利刀破開充滿甘汁的碧綠色水果。隔着院牆我向酒擔喚呼買酒。唉，誰會問起我這個身在城南的詩客呢？非常寂靜啊！棲宿在高樹上的晚蟬正發出幽咽的叫聲，彷彿告訴我們西風的肅殺情況呢！

垂虹橋架在水路上。像魚鱗紋一般的波浪將荷香吹送。紅色的荷花已有一半凋零散落了！我把小舟繫着，試向四處張望。原來我的故鄉在很遙遠的天之北方啊！可惜的是，遠處的沙洲那邊我不能與美人共同遊歷呢！試問，甚麼時候我可以與她一同賦詠三十六個池塘的秋天景色呢？

六 | 法曲獻仙音

（張彥功官舍在鐵冶嶺上，高齋下瞰湖山，光
景奇絕。）

虛閣籠寒，小簾通月，暮色偏憐高處。樹隔
離宮，水平馳道，湖山盡入尊俎。奈楚客，
淹留久，礎聲帶愁去。

屢回顧，過秋風、未成歸計，誰念我、重見
冷楓紅舞。喚起澹妝人，問逋仙、今在何許。
象筆鸞牋，甚而今、不道秀句。怕平生幽恨，
化作沙邊煙雨。

寒氣籠罩着空洞無人的樓閣，而月光通過精緻的窗簾照進來。暮色圍困着高處，好像它特別喜歡高聳的地方。隔着樹林的那邊是離宮，而天子所行的道路平坦如水呢！在我們飲宴的地方，湖光山色，盡入眼底啊！無奈我這個作客南方的人，留滯得太久了，只好藉着搗衣之聲將愁帶走而已！

我屢次回顧，秋風過了多少次都未有完成我回鄉的計劃。誰會理會我，又一次的見到冷漠而紅色的楓葉在風中起舞呢？我呼喚梅花這個淡妝人起來，問她現在北宋著名隱逸詩人逋仙林和靖究竟在哪裏？此際我有的是，象牙製造的毛筆和鸞鳳般美麗的彩牋，但為甚麼而今卻寫不出美好的詩句呢？我恐怕的是，平生幽隱的怨恨，只能無奈地化作沙邊煙雨，消失得無影無蹤呢！

七 ｜ 淒涼犯

（合肥巷陌皆種柳，秋風夕起，騷騷然。予客
居闔戶，時聞馬嘶。出城四顧，則荒煙野草，
不勝淒黯，乃著此解。琴有淒涼調，假以為
名。凡曲言犯者，謂以宮犯商、商犯宮之類，
如道調宮「上」字住，雙調亦「上」字住，所
住字同，彼此可犯。唐人樂書云：「犯有正、
旁、偏、側，宮犯宮為正，宮犯商為旁，宮
犯角為偏，宮犯羽為側。」此說非也。十二
宮所住字各不同，不容相犯；十二宮特可犯
商、角、羽耳。予以此曲示國工田正德，以
啞觱栗吹之，其韻極美。）

綠楊巷陌秋風起，邊城一片離索。馬嘶漸遠，
人歸甚處，戍樓吹角。情懷正惡。更衰草寒
煙澹薄。似當時、將軍部曲，迤邐度沙漠。

追念西湖上，小舫攜歌，晚花行樂。舊游在
否，想如今、翠彫紅落。漫寫羊裙，等新雁、
來時繫着。怕匆匆、不肯寄與誤後約。

長滿綠色垂楊的小巷大街吹起了秋風，使到這個邊遠的城鎮 —— 合肥呈現出一片荒涼蕭索！馬的叫聲漸漸消失了，但究竟馬上的人歸去何處呢？我只聽到戍守邊境的崗樓吹出號角之聲而已。我的心情正是惡劣的時候啊！更何況滿眼都是凋謝的野草和遍地寒煙，慘淡而淒涼呢！這真似當時的將領帶着他們的隊伍曲曲折折地度過沙漠之情景啊！

我追憶當日在西湖上的歡樂時光：乘着精巧的畫舫，帶着妓女唱歌；到了晚上又與她在花間作樂。以前同遊的人兒仍在嗎？料想到了現在，她已經如綠葉般凋零，又如紅花般掉落了！如昔日東晉書法家王獻之為他的外甥 —— 南朝宋書法家羊欣在絹裙上題字一般，我隨意地為她寫了一封書信，希望等待新雁來的時候將它繫在雁足，靠着雁兒傳遞給她。但恐怕這些雁兒來去匆匆，不肯將我的訊息寄給她，以致耽誤了日後的盟約。

八 ｜ 暗香

（辛亥之冬，予載雪詣石湖。𣎴月，授簡索句，且徵新聲，因度仙呂宮兩曲。石湖把玩不已，使工妓隸習之，音節諧婉，乃名之曰《暗香》、《疏影》。）

舊時月色，有幾番照我，梅邊吹笛。喚起玉人，不管清寒與攀摘。何遜而今漸老，都忘卻春風詞筆。但怪得竹外疏花，香冷入瑤席。

江國。正寂寂。歎寄與路遙，夜雪初積。翠尊易泣，紅萼無言耿相憶。長記曾攜手處，千樹壓、西湖寒碧。又片片吹盡也，幾時見得。

語
譯

這是舊時見過的月色啊！它曾經有多少次照耀着我在梅花旁邊吹弄笛子呢？昔日我曾經喚起如玉般美的人兒，不管天氣多麼清峭寒冷，都要她與我一同攀摘梅花。我這個如南北朝時的文學家何遜般酷愛梅花的人，而今已經漸漸老邁了，已完全忘記了以春風之筆賦詠梅花了！但要怪責的是，竹外疏落的梅花散發出幽冷的香氣，送進我作客的華美之座席啊！

眼前的江山，正是很寂靜的時候。我打算寄贈梅花給我的朋友，但可歎的是，路途太遙遠了；而且又正是夜雪下得很濃，開始堆積起來的時候呢！拿着酒杯而飲，容易引起人悲傷流淚。面對着默默無言的紅花，我和她只有煩躁不安地彼此思念而已。我永遠記住，我們曾經攜手同遊的地方，那裏種着千樹梅花，緊緊地迫壓着清寒碧綠色的西湖！而今一片一片的梅花被風吹走淨盡了，甚麼時候可以再見到它們呢？

九 長亭怨慢

（予喜自製曲，初率意為長短句，然後協以律，故前後闋多不同。桓大司馬云：「昔年種柳，依依漢南，今看搖落，悽愴江潭，樹猶如此，人何以堪。」予深愛此語。中呂宮。）

漸吹盡、枝頭香絮。是處人家，綠深門戶。遠浦縈迴，暮帆零亂、向何許。閱人多矣，誰得似長亭樹。樹若有情時，不會得青青如此。

日暮。望高城不見，只見亂山無數。韋郎去也，怎忘得、玉環分付。第一是、早早歸來，怕紅萼無人為主。算只有并刀，難翦離愁千縷。

語

譯

柳樹枝頭的香絮漸漸被風吹盡了！這裏的倡家門戶都隱藏在綠柳深處。江岸迂迴曲折，伸展到很遙遠的地方。日暮的歸帆凌亂得很，它們究竟向何處駛去呢？觀察人事太多了！但誰人可以及得上長亭的柳樹那麼多呢？倘若柳樹有情的話，就不會像現時這般青蔥翠綠了！

日落西山了。我遠望高城，可是看不見，只見到數不盡的紛亂山巒而已。我這個多情男子 —— 韋郎要離去了，但怎可以忘記她拿着玉環對我的吩咐呢？她説：「最重要的是，你要盡早回來啊！恐怕我這朵紅花無人為我作主呢！」這般情況，就算我有并州出產的鋒利剪刀，相信也很難將離別的千縷哀愁剪斷呢！

揚州慢

（淳熙丙申至日，過維揚，夜雪初霽，薺麥彌望。入其城，則四顧蕭條，寒水自碧。暮色漸起，戍角悲吟，予懷愴然，感慨今昔，因度此曲。千巖老人謂有《黍離》之悲也。中呂宮。）

淮左名都，竹西佳處，解鞍少駐初程。過春風十里，盡薺麥青青。自胡馬窺江去後，廢池喬木，猶厭言兵。漸黃昏，清角吹寒，都在空城。

杜郎俊賞，算而今、重到須驚。縱豆蔻詞工，青樓夢好，難賦深情。二十四橋仍在，波心蕩、冷月無聲。念橋邊紅藥，年年知為誰生。

我來到淮南東路的名都——揚州,在竹西亭這個好地方,經過了第一段旅程之後,解下鞍韉,稍為停駐休息。我走過了以前晚唐詩人杜牧曾經用「春風十里」去形容的揚州路,但現時眼前所見的盡是薺菜和麥子而已!自從胡人(金人)侵犯長江北去之後,就算荒廢的池塘和高聳的樹木都尚且厭惡談及兵戰呢!黃昏漸漸迫近,淒清的號角聲在寒冷中吹響了,浸透着杳無人跡的整個城市。

這是以前杜牧最欣賞的地方啊!我料想,現時這個情況,要是他重來的話,他必定驚訝不已!縱使他能寫出「豆蔻詞」那麼工巧的詩篇,和在揚州曾經有過青樓的美夢,恐怕也再難賦詠他的深厚情感了!二十四橋仍然存在啊,不過只剩下淒冷的月色孤零零地倒影在水波中心蕩漾而已,橋上完全沒有以往的人跡,連一點聲音也沒有!我念到,橋邊的紅芍藥花年復一年地開,但不知道它們究竟為誰而生長呢?

玲瓏四犯

（越中歲暮，聞簫鼓感懷。）

疊鼓夜寒，垂鐙春淺，恩恩時事如許。倦游歡意少，俯仰悲今古。江淹又吟恨賦。記當時送君南浦。萬里乾坤，百年身世，惟有此情苦。

揚州柳垂官路。有輕盈換馬，端正窺戶。酒醒明月下，夢逐潮聲去。文章信美知何用，但贏得天涯羈旅。教說與。春來要尋花伴侶。

夜寒之際，鼓聲連續不斷。綵燈垂掛起來了，新春不久便到。時事便如此匆匆地過去！我已厭倦冶遊的生活了，因為所得的歡樂不多呢！俯仰瞬息之間世事已變化很大，真令人悲歎不已。我像南朝文學家江淹般，又低吟《恨賦》了！我記得當時在南浦送別朋友的情況。在這縱橫萬里的廣大天地之間和人生百年長流之中，惟有此情——送別之情最痛苦了！

揚州的官路種滿着垂柳。那繁華之地曾有不少妙事發生，例如：有體態美好的歌妓與駿馬對換，又有面貌端莊賢淑的女子在閨房內向街外窺視男子等等。我在明月高照之下酒醒了，我的幻夢也隨着潮水的聲浪一起逝去！文章確實寫得美妙又有甚麼用呢？徒然獲得浪跡天涯，客居他鄉而已！這令到我對自己說，春天到來的時候，一定要找尋可以一起賞花的伴侶啊！

念奴嬌

十二

（予客武陵，湖北古城野水，喬木參天，日與二三友蕩舟其間，薄荷花而飲，意象幽閒，不類人境。秋水且涸，荷葉出地尋丈，因列坐其下。清風徐來，綠雲自動，閒於疏處窺見游船，亦一樂也。揭來吳興，數得相羊荷花中；又夜泛西湖，光景奇絕，故以調寫之。）

鬧紅一舸，記來時、嘗與鴛鴦為侶。三十六陂人未到，水佩風裳無數。翠葉吹涼，玉容消酒，更灑菰蒲雨。嫣然搖動，冷香飛上詩句。

日暮。青蓋亭亭，情人不見，爭忍凌波去。祇恐舞衣寒易落，愁入西風南浦。高柳垂陰，老魚吹浪，留我花間住。田田多少，幾回沙際歸路。

語
譯

我們乘坐的船隻在盛開的荷花叢中遊蕩。記得當日到來這裏的時候，曾經與我的愛人作伴呢！三十六個池塘我們沒有全部到過，只注意到那裏長着數不清的荷花 —— 那些以水為玉佩，以風為衣裳的荷花啊！翠綠色的荷葉被風吹動，發出清涼的爽氣；顏容美如玉般的荷花又可以助我們飲酒，多寫意啊！何況這個時候孤蒲上更灑着毛毛細雨呢！荷花在微風細雨中搖動，如美女在甜蜜地微笑啊！我嗅到荷花發出幽冷香氣時，就會寫出詩句了！

日暮了，青色的荷葉如傘般聳立着。我仍然見不到我的情人出現，哪我又怎忍心乘駕波濤離去呢？只恐怕的是，美如舞衣般的荷花在寒冷的天氣中容易凋落，被西風吹到南邊的水濱去，這就真個使人發愁了！高大的柳樹垂下可以遮蔭的柳條；大魚吞吐着水，吹成浪花。這些景致都可以挽留我在花間停留。多少次在沙堤的歸路上，我看見無邊無際的荷葉啊！

翠樓吟

十三

（淳熙丙午冬，武昌安遠樓成，與劉去非諸友
落之，度曲見志。雙調。）

月冷龍沙，塵清虎落，今年漢酺初賜。新翻
胡部曲，聽氈幕元戎歌吹。層樓高峙。看檻
曲縈紅，檐牙飛翠。人姝麗。粉香吹下，夜
寒風細。

此地。宜有詞仙，擁素雲黃鶴，與君游戲。
玉梯凝望久，歎芳草、萋萋千里。天涯情味。
仗酒祓清愁，花消英氣。西山外，晚來還卷，
一簾秋霽。

淒冷的月色高照着白龍堆沙漠，而凝結在邊防屏障上的戰塵已經沒有了。這是今年大宋朝廷犒賞羣臣的首次啊！胡人的樂曲被重新譜寫，試聽帳幕裏的將領正在唱歌和演奏呢！多層的樓臺高聳地屹立着。看那紅色的欄杆，彎彎曲曲地圍着；又看那翠綠色的簷牙，翹起如飛。那處的女士多麼美好漂亮啊！她們身上的脂粉香氣，在寒夜裏被輕輕的微風吹下來呢！

這樣美好的地方，應該有一個才情飄逸如仙的詞人，擁抱着白雲和黃鶴與你一同遊戲才對啊！我登上玉石造的階梯，凝神遠望了一段頗長的時間。我慨歎芳草長得那麼茂盛，又延展到千里那麼遙遠。在天涯作客的心情和滋味很不好受啊！我只有靠着飲酒去袚除無以名狀的愁悶，和依賴如花一般美的女子去銷磨我的英銳之氣。傍晚的時候我又一次捲起簾幕，注意到西山之外，出現了一片雨後初晴的秋天景象呢！

齊天樂

（丙辰歲，與張功父會飲張達可之堂，聞屋壁
間蟋蟀有聲，功父約予同賦，以授歌者。功
父先成，辭甚美，予徘徊茉莉花間，仰見秋
月，頓起幽思，尋亦得此。蟋蟀，中都呼為
促織，善鬥，好事者或以二三十萬錢致一枚，
鏤象齒為樓觀以貯之。黃鐘宮。）

庚郎先自吟愁賦。淒淒更聞私語。露溼銅鋪，
苔侵石井，都是曾聽伊處。哀音似訴。正思
婦無眠，起尋機杼。曲曲屏山，夜涼獨自甚
情緒。

西窗又吹暗雨。為誰頻斷續，相和砧杵。候
館迎秋，離宮吊月，別有傷心無數。豳詩漫
與。笑籬落呼燈，世間兒女。寫入琴絲，一
聲聲更苦。

我就像南北朝的文學家庾信那樣，早已獨自吟詠《愁賦》了！這個時候，又聽到淒淒切切的蟋蟀低聲細語！露水所沾濕的門上銅製的鋪首和佈滿苔蘚的石砌井口，都是我曾經聽過牠哀鳴的地方。牠發出的哀音似向人泣訴心事啊！正當這個時候，思念征人的女子無法入睡而起來織布遣愁。在畫上曲折蜿蜒的山巒的屏風旁邊，晚上寒涼之際，她獨個兒坐着，是何等情緒啊！

西窗外又吹起無聲的細雨了！蟋蟀為了誰人頻頻斷斷續續地與搗衣聲音互相應和呢？行人在旅舍吟詠肅殺的秋天，皇帝在行宮對月傷懷，一定引起不尋常的數不盡的傷心事啊！《詩經》中《豳風・七月》寫得太率意了！當我想起，在籬笆角落互相呼叫着和拿着燈籠捕捉蟋蟀的世間小孩兒之時，只有苦笑而已。我把蟋蟀的哀鳴譜成琴曲，然後一聲聲的彈奏出來，聲調則更為悽苦了！

探春慢

（予幼從先人宦於古沔，女須因嫁焉。去來幾
二十年。丙午冬，千巖老人約予過苕雪，歲
晚乘濤載雪而下，顧念依依，殆不能去。作
此曲別鄭次皋、辛克清、姚剛中諸君。）

衰草愁煙，亂鴉送日，風沙回旋平野。拂雪
金鞭，欺寒茸帽，還記章臺走馬。誰念飄零
久，慢贏得、幽懷難寫。故人清沔相逢，小
窗閒共情話。

長恨離多會少，重訪問竹西，珠淚盈把。雁
磧波平，漁汀人散，老去不堪游冶。無奈苕
谿月，又喚我扁舟東下。甚日歸來，梅花零
亂春夜。

語譯

眼前是一片衰謝的野草和使人發愁的暮煙。又見到亂鴉紛飛，夕陽西下，而風沙在平野上回旋地吹着呢！我拿着名貴的馬鞭拂開紛紛的飛雪，戴着抗寒的茸毛製造的帽子。我還記得，當日在章臺大街騎馬到處冶遊的日子。有誰會關心我，在外飄零那麼長久，只獲得難以筆墨形容的幽隱情懷呢？與朋友故舊在清澈的沔水相逢，我們在小窗之旁共同傾訴心中的情話。

分離多而會面少，是我不斷的怨恨啊！我重到揚州的竹西亭，哀傷得很，淚珠盈眶，有一把那麼多呢！環繞着鴻雁棲宿的沙洲的水波已平靜了，捕漁的洲渚上的遊人亦已離散了。我亦老了，不能像以往一般不羈地遊蕩尋樂了！但很無奈，苕溪的月亮又催促我乘小舟東下呢！我不知道何日歸來啊！但料想歸來之日，會是梅花凌亂地紛飛的春寒之夜呢！

十六 ｜ 一萼紅

（丙午人日，予客長沙別駕之觀政堂。堂下曲沼，沼西負古垣，盧橘幽篁，一逕深曲，穿逕而南，官梅數十株，紅破白露，枝影扶疏，着屐蒼苔細石間，野興橫生，亟命駕登定王臺，亂湘流入麓山，湘雲低昂，湘波容與，興盡悲來，醉吟成調。）

古城陰。有官梅幾許，紅萼未宜簪。池面冰膠，牆腰雪老，雲意還又沈沈。翠藤共、閒穿逕竹，漸笑語、驚起臥沙禽。野老林泉，故王臺榭，呼喚登臨。

南去北來何事，蕩湘雲楚水，目極傷心。朱戶黏雞，金盤簇燕，空歎時序侵尋。記曾共、西樓雅集，想垂楊、還裊萬絲金。待得歸鞍到時，只怕春深。

在古城牆的背面，種有官梅 —— 官府的梅樹數株。它們的花只是剛剛綻開，很細小，仍未適宜簪戴。池塘的水面凝結了一層冰塊，膠着似的。城牆久積滿了降雪，達到牆腰那麼高。天空上的雲層同時現出濃厚的樣子！我們悠閒地共同穿過翠綠色的藤條和山徑間的竹林。彼此間的笑語聲浪漸大，驚起了伏臥在沙洲上的禽鳥。田野老人常到的林木泉石和漢代長沙王建造的臺榭，我們前呼後喚地登臨觀覽。

我們不停地南去北來，究竟為了甚麼？極目而視，我們看到那浮蕩的湖南雲水，心也悲傷起來了！朱紅色的大門已貼上雞形的圖案，華麗的春盤已堆聚着燕子形狀的供品，節令又漸漸來到，我只可徒然歎息而已！我還記得，昔日我們在西樓雅人集會的日子呢！料想到了此際，那些垂楊應該依然飄動着萬縷金絲啊！等到我騎馬回到家鄉的時候，只恐怕春天已到了殘盡之時了！

石湖詠梅

苔枝綴玉。有翠禽小小，枝上同宿。客裏相
逢，籬角黃昏，無言自倚修竹。昭君不慣胡
沙遠，但暗憶、江南江北。想佩環月夜歸來，
化作此花幽獨。

猶記深宮舊事，那人正睡裏，飛近蛾綠。莫
似春風，不管盈盈，早與安排金屋。還教一
片隨波去，又卻怨、玉龍哀曲。等恁時、再
覓幽香，已入小窗橫幅。

苔梅的枝上點綴着如玉般美的梅花。有一對小小
翠綠色的禽鳥在那裏雙宿雙棲。正在作客他鄉的
時候,我與梅花相逢了!注意到她於黃昏之際,
在籬笆的角落,默默無言地獨自倚憑着修長的竹
竿。漢代美人王昭君不習慣胡人居住的沙漠太遙
遠了,她只好暗地裏懷念中土的江南與江北!我
疑心她戴着佩環,趁着月夜從塞外回來,化作這
些幽潔獨特的梅花呢!

我尚且記得,昔日宋武帝時在深宮發生過的舊
事:那人 —— 壽陽公主正當酣睡之際,梅花飄
落,飛近她那綠色的蛾眉。切莫像春風一樣啊!
它不好好地保護美好的梅花,反而將它們吹落!
應該早就為它們安排華麗的住所才對啊,正如漢
武帝為陳皇后「金屋藏嬌」一般。春風還使到它
們一片片地隨波飄去,反而怨怪那玉笛吹奏出哀
傷的曲調《梅花落》!等到這個時候,當你想再
尋覓發出清幽香氣的梅花,它們已經被人畫入小
窗前懸着的橫幅畫上去了!

八歸

湘中送胡德華

芳蓮墜粉，疏桐吹綠，庭院暗雨乍歇。無端
抱影消魂處，還見篠牆螢暗，蘚階蛩切。送
客重尋西去路，問水面琵琶誰撥。最可惜、
一片江山，總付與啼鴂。

長恨相從未款，而今何事，又對西風離別。
渚寒煙澹，棹移人遠，縹緲行舟如葉。想文
君望久，倚竹愁生步羅韈。歸來後、翠尊雙
飲，下了珠簾，玲瓏閒看月。

芳美的蓮花掉落了香粉，蕭疏的梧桐樹亦吹下了綠葉，庭院的毛毛細雨突然間停止了！我形單影隻，無緣無故地覺得魂飛魄散啊！正在這個時候，又見到竹織的籬笆之間螢火蟲發出微弱的光線，又聽到佈滿苔蘚的石階上蟋蟀的悲切叫聲。為了送客，我再次踏上西去之路。試問，此際在江水之上有誰可以為我彈撥琵琶，以抒發我的感慨呢？最可惜的是，眼前一片大好江山只充滿了啼鴂之聲而已！

我長恨的是，彼此結交還未深切，而今為了甚麼事情，又要在西風之中互相話別呢？沙洲寒冷，煙霧淡薄。船隻慢慢移動了，行人亦漸漸遠去了。隱隱約約地開動的小船如樹葉一般飄去。料想你的妻子如漢代的卓文君般盼望你回家很久了。她一定是偎倚着修竹，愁眉百結；又或者無聊地穿着羅襪獨自踱步呢！等到你回家之後，你們必定會緊握着翠玉的酒杯共同暢飲，而且把珠簾垂下，悠閒地欣賞天上那玲瓏剔透的月亮！

附錄

戈載「跋語」(節錄)

「白石之詞，清氣盤空，如野雲孤飛，去留無迹。其高遠峭拔之致，前無古人，後無來者，真詞中之聖也。蓋白石深明律呂之學。慶元三年丁巳四月，曾上書論雅樂，并進《大樂議》一卷、《琴瑟攷古圖》一卷，故能自製歌曲。今集中俱注明宮調，且有旁譜。」

夢窗詞

一 點絳脣

有懷蘇州

明月茫茫，夜來應照南橋路。夢游熟處。一枕嗁秋雨。

可惜人生，不向吳城住。心期誤。雁將秋去。天遠青山暮。

語
譯

明月的光輝無邊無際。入夜的時候應該照着蘇州的南橋路。我在夢中遊覽熟識的地方。我啼哭，淚下如秋雨，將夢枕也弄濕透了。

可惜我的一生，不在吳城住下來。心中的期望被耽誤了！鴻雁把秋天送走。天空距離我很遠啊，青色的山巒也入暮了。

二 │ 點絳脣

時霎清明，載花不過西園路。嫩陰綠樹。
正是春留處。

燕子重來，往事東流去。征衫佇。舊寒一
縷。淚溼風簾絮。

霎時間清明節又到了。我簪戴着鮮花，但是不忍
走過西園路啊！新嫩的花蔭和翠綠的樹叢，正是
春天應該留下來的地方。

我如燕子一般重來舊地，可是往事已如逝水東
流，一去不復返了。我把征衣收藏起來，不再行
役了。絲絲寒意，與舊日無異，但此際我心傷透
了。滴下來的淚水竟將風簾前之飛絮也沾濕了。

三 | 浣谿紗

門隔花深夢舊游。夕陽無語燕歸愁。玉纖香
動小簾鉤。

落絮無聲春墮淚，行雲有影月含羞。東風臨
夜冷於秋。

語
譯

門戶阻隔，花叢深邃 —— 我夢見舊日的遊蹤。在夕陽
西下，默默無聲之中，燕子歸來了，但滿臉愁容。她
的纖纖玉手掀動着小簾鉤，散發出一絲絲香氣。

飄落的花絮，一點聲音也沒有，是春在墮淚啊！浮動
雲彩的影子使到月亮半明半暗，如少女含羞答答。本
來溫暖的東風，到了夜晚，比秋寒還要冷呢！

四　桃源憶故人

越山青斷西陵浦。一岸密陰疏雨。潮帶舊愁生暮。曾折垂楊處。

桃根桃葉當時渡。嗚咽風前柔櫓。燕子不留春住，空寄離檣語。

青綠的越山到了西陵浦便終止了。密雲陰暗，遮蓋水岸，還下着疏落的細雨。日暮時潮水上漲，舊愁頓生。這正是曾經折下垂楊送別的地方啊！

晉朝書法家王獻之送別他的愛妾桃根和桃葉便是這個渡口。柔和的槳聲在風中作響，如悲泣之聲。燕子不把春天留住，只是徒然把乘船離去之人的説話寄回來！

五 | 極相思

題水月梅花扇

玉纖風透秋痕。涼與素懷分。乘鸞歸後，生
綃淨翦，一片冰雲。

心事孤山春夢在，到思量、猶斷詩魂。水清
月冷，香銷瘦影，人立黃昏。

她的纖纖玉手搖扇生風，散發出陣陣如秋風般的清新
香氣。這片涼風，她與我的素懷一同分享。她如春秋
時秦穆公之女弄玉般乘着鸞車歸去後，遺留下來的薄
紗只翦出一片美如冷雲的團扇。

我的心事仍在孤山，但已如春夢一般了無痕跡了。當
我思量的時候，仍舊令我這個詩人心傷魂斷。在清水
之畔，冷月之下，她的香已消，影已瘦，孤獨地一個
人站立在黃昏之中！

六 西江月

賦瑤圃青梅枝上晚花

枝褭一痕雪在，葉藏幾豆春濃。玉奴最晚
嫁東風。來結梨花幽夢。

香力添熏羅被，瘦肌猶怯冰綃。綠陰青子
老谿橋。羞見東鄰嬌小。

語
譯

長而弱的樹枝殘存着下過雪的痕跡。葉間隱藏着
幾顆青色如豆的梅子，散發出濃厚的春天氣息。
如玉的白梅花最晚嫁給東風，原因是為了與梨花
同結幽美之夢境。

她的香氣很強，增加她熏香羅被的能力。可是她
的纖瘦肌膚尚且怯於脆弱如冰的薄紗。溪橋旁邊
生長很久的梅樹已是青子滿結，翠綠成蔭。當她
看見東鄰的梅樹還如此嬌美青春，自覺羞愧得很。

七 | 望江南

三月暮，花落更情濃。人去秋千閒挂月。馬
停楊柳倦嘶風。隄畔畫船空。

厭厭醉，長日小簾櫳。宿燕夜歸銀燭外，嚦
鶯聲在綠陰中，無處覓殘紅。

（語
譯）

三月暮春的時候，花掉落了，我的感慨之情更加濃烈
呢！人離去之後，鞦韆閒置，垂掛於月色之下。馬兒
停立在楊柳之旁，疲倦地向春風嘶叫。隄畔的畫船空
無人跡。

我醉酒如病，整日躲在垂着簾子的小房舍裏。要棲宿
的燕子晚間歸來，落腳在銀燭照不到的地方。啼鶯之
聲則散佈在綠叢陰暗之中。沒有地方讓我可以找尋得
到凋謝的花朵啊！

八 | 浪淘沙

越中楊梅

綠樹越谿灣。雨過雲殷。西陵人去暮潮
還。鉛淚結成紅粟顆,封寄長安。

別味帶生酸。愁憶眉山。小樓鐙外楝花
寒。衫袖醉痕花唾在,猶染微丹。

綠色的楊梅樹生長在越中溪灣之畔。一陣驟雨飄
過,雲變得赤黑色。人自西陵離去後,日暮之時
只有潮水回來。如鉛熔之淚水凝結成紅色的外面
如粟粒突起之顆狀楊梅,密封之後便寄往京城。

離別的滋味是生澀痛楚的。這使我想到她發愁
之際,蹙眉如山巒的形狀。小樓外邊沒有燈光的
地方,楝花正在寒冷之中。在衫袖上醉酒的痕
跡 —— 如花香之唾液尚在,仍舊染着輕微的朱
紅色。

潤玉籠綃，檀櫻倚扇。繡圈猶帶脂香淺。榴
心空疊舞裙紅，艾枝應壓愁鬟亂。

午夢千山，窗陰一箭。香瘢新褪紅絲腕。隔
江人在雨聲中，晚風菰葉生秋怨。

語譯

溫潤如玉的肌膚被綃衣所籠罩着。如櫻桃一般的淺絳
色小嘴倚靠着羅扇。圈形花紋的刺繡裝飾物尚且帶
着淡淡的脂粉香氣。紅色的舞裙重重疊疊，形如石榴
花。但因為情人不在她的身旁，只徒然而已！艾枝應
該壓着她的因滿懷愁緒而凌亂不整的髮鬢。

在午夜的夢境裏，我走到千山之外很遙遠的地方；而
窗前的光陰飛逝，如箭一般的迅速。她的手腕上繫着
紅色的絲線 —— 長命縷，但在其下仍然可以見到新近
褪卻的印痕。這個隔着江水的可人兒此際正在雨聲之
中。晚風吹動菰葉，沙沙作響，如秋風哀怨之聲。

十 南樓令

何處合成愁。離人心上秋。縱芭蕉、不雨也颼颼。都道晚涼天氣好,有明月,怕登樓。

年事夢中休。花空煙水流。燕辭歸、客尚淹留。垂柳不縈裙帶住,慢長是,繫行舟。

語譯

愁從何處而來呢?當離別的人心上充滿着秋意之時便來了。縱使天不下雨,芭蕉葉也颼颼作響呢!大家都說晚涼之時天氣好,可是於明月當空之際,我卻怕登上樓臺。

當年發生過的事情恍如夢中,而今一切都休止了。花已空盡,如煙之消散,水之逝去。燕子已辭別我而歸去,但是我這個客人尚且久留在外。垂下來的柳條不把她的裙帶綁住,而只是隨意地老是綁住我這行人之舟!

風入松

春晚感懷

聽風聽雨過清明。愁草瘞花銘。樓前綠暗分
攜路，一絲柳、一寸柔情。料峭春寒中酒，
交加曉夢啼鶯。

西園日日埽林亭。依舊賞新晴。黃蜂頻撲秋
千索，有當時、纖手香凝。惆悵雙鴛不到，
幽階一夜苔生。

聽着風吹，聽着雨打，我度過清明節。愁緒滿懷，
我草寫南北朝時期庾信的《瘞花銘》。樓前綠樹成
蔭的地方便是我們昔日分手之處！一絲柳條代表
着她對我的一寸柔情。在春寒料峭之中我沉醉於
酒。但清曉的美夢卻被紛亂的鶯聲驚醒！

我天天在西園裏打掃林木和亭園，像往時一樣仍
舊欣賞新臨的晴朗天氣。不少黃蜂頻頻撲去鞦韆
之繩索，因為繩索之上凝結着當時她的纖纖玉手
的香氣。現在她 —— 那穿着鴛鴦花鞋的女子啊，
不再到來了，我頗為惆悵。幽靜的石階也因此一
夜之間長滿了綠苔！

祝英臺近

春日游龜谿廢圃

采幽香，巡古苑，竹冷翠微路。鬥草谿根，
沙印辦蓮步。自憐兩鬢清霜，一年寒食，又
身在、雲山深處。

晝閒度。因甚天也慳春，輕陰便成雨。綠暗
長亭，歸夢趁風絮。有情花影闌干，鶯聲門
逕，解留我、霎時凝佇。

為了採摘幽香的花草,我們巡視古舊的園圃。山路上長滿了翠竹,環境頗為清冷。我們在溪水(龜溪)的上游採集百草,作為比賽。沙粒上印着一片片的蓮花步。自憐兩邊鬢髮已經花白如霜雪。一年一度的寒食節又到了,而自己又一次身在雲山的深處。

白晝等閒地度過。為甚麼天公也如此慳吝春光,稍為幽暗便下起雨來?長亭四周草木茂盛,一片暗綠色。她歸來之夢應該趁着風絮飄飛。花影印在欄杆上,情深款款;而鶯啼之聲充滿了門徑,悅耳動人。它們懂得挽留我,使到我霎時間心神凝定,佇立不動呢!

滿江紅

澱山湖

雲氣樓臺，分一派、滄浪翠蓬。開小景、玉盆寒浸，巧石盤松。風送流花時過岸，浪搖晴練欲飛空。算鮫宮、祇隔一紅塵，無路通。

神女駕，凌曉風。明月佩，響丁東。對兩蛾猶鎖，怨綠煙中。秋色未教飛盡雁，夕陽長是墜疏鐘。又一聲、欸乃過前嚴，移釣篷。

湖面上的蜃氣變幻凝結，如雲如煙，狀若樓臺！
原來澱山湖是滄浪水分出來的一派，而澱山則是
蓬萊山伸出來的一股。遠看澱山湖宛若一盆小
景展現在眼前。看那玉盆載着一片寒水，襯托着
數株古松盤繞在奇巧的小石上，多美啊！輕風吹
送，落花流水，不時飄過對岸。天氣晴朗，風勁
之時，本來如白練之湖水頓時生波，浪花四起，
如欲飛上天空。我推想：鮫人 —— 傳說中的「美
人魚」之居室雖只隔一度紅塵那麼遠，但實際上
並無路可以通到的。

傳說中的三姑女神駕臨時，是在大清早乘風而來
的。她帶着美如明月的玉佩，叮噹作響。看見她
雙眉仍然深鎖，心中抑鬱，出現於悽怨之綠林煙
霧之中。此際雖是滿眼秋色，但飛雁仍不致全無
蹤影。夕陽西下之時，仍常常聽到疏落鐘聲從遠
處飄來。釣魚船移動了，經過前巖的時候，又一
次聽到欸乃之聲。

惜秋華

重九

細響殘蛩，傍鐙前、似說深秋懷抱。怕上翠微，傷心亂煙斜照。西湖鏡掩塵沙，翳曉影、秦鬟雲擾。新鴻，喚淒涼，漸入紅萸烏帽。

江上故人老。視東籬秀色，依然娟好。晚夢趁，鄰杵斷、乍將愁到。秋孃淚溼黃昏，又滿城、雨輕風小。閒了。看芙蓉畫船多少。

靠近燈前，將死之蟋蟀發出陣陣微弱的叫聲，似乎向我訴説出牠的深秋感受。我怕上高山，怕看見那紛亂的煙霞和殘餘的夕照，因為它們會令我傷心。天曉之際，陰暗的秦鬟——浙江秦望山之浮雲紛紛擾擾。它們的影子遮蓋着西湖，使到平日如鏡的水面不再澄澈，如蒙上了一片塵沙。新來的鴻雁，叫喚淒涼，聲音漸漸刺入我插上茱萸的烏紗帽。

江上我這個故人已垂老了。但看見東籬的秀色——秋花仍然美好呢！趁着我的晚夢被鄰近的杵聲驚破之時，忽然間哀愁又送到。黃昏時分，她如「秋娘」一樣，對景垂淚。此際滿城又在微風細雨之中呢！不再想了，且看江上的芙蓉花和經過的畫船有多少吧！

古香慢

（滄浪看桂。自度夷則商犯無射宮。）

怨蛾墜柳，離佩搖葓，霜訊南浦。慢掩橋扉，倚竹裛寒日暮。還問月中游，夢飛過、金風翠羽。把殘雲賸水萬頃，暗熏冷麝淒苦。

漸浩渺、凌山高處。秋澹無光，殘照誰主。露粟侵肌，夜約羽林輕誤。翦碎惜秋心，更腸斷、珠塵蘚露。怕重陽，又催近、滿城風雨。

哀怨的蛾眉葉從柳樹墜下來。將要凋謝的荷花在
菼草叢中搖動着。霜降的訊息已經到了南方的水
濱！我不經意地回憶起橋頭的情景：她在日暮之
際，寒冷之中，穿着單薄的衣裳倚靠着修竹。我
又聯想到月中漫遊之事。這只是夢境而已！而且
已經飛快地過去，迅速得如秋風吹，翠鳥飛。要
把守着一大片殘雲賸水，就算自己具有幽暗清冷
的香氣，心中也實在非常淒苦難受。

當我登上山的高處遠望，漸漸覺得眼前之山河浩
大而渺遠。秋天慘淡，毫無光輝！在此殘陽夕照
之時，誰人作主？約定晚間進入的羽林禁軍輕率
地誤了大事，我心都寒了，以致肌膚頓生粟疹，
如被夜間的露水侵襲一般。我愛惜秋花之心被剪
得破碎了！更令我傷心斷腸的是，明珠被遺下在
塵土中，或被棄置在沾滿露水的苔蘚上！恐怕重
陽節又迫近了，現在已經是滿城風雨的時候呢！

埽花游

送春古江邨

水園沁碧，驟夜雨飄紅，竟空林島。豔春過
了。有塵香墜鈿，尚遺芳草。步遠新陰，
漸覺交枝迳小。醉深窈。愛綠葉翠圓，勝看
花好。

芳架雪未埽。怪繡被佳人，困迷清曉。柳絲
繫櫂。問閶門、自古送春多少。倦蜨慵飛，
故撲簪花破帽。醉殘照。掩重城、暮鐘不到。

以池水著名的西園沁透出一片碧綠色。夜雨驟至，紅花亂飄，竟然將這一塊四面環水的小地方的花林一掃而空！豔麗的春天已經過去了。但脂塵的香氣和墜下的釵鈿仍然遺留在芳草叢中。我繞着新生的樹蔭漫步，注意到樹枝交雜叢生，漸漸覺得路徑也因而窄小起來了。我陶醉於深沉幽靜之中，我愛賞翠綠而圓潤的樹葉，覺得勝過看花很多。

美架上的積雪還未掃去。我怪責佳人仍臥在華美的被窩裏，為睡所困，迷迷惘惘，不知清曉已經來臨。楊柳絲把要離去的船隻綁住。試問，在闔門這個地方，自古以來有多少次送過春天？疲倦的蝴蝶也懶得遠飛了，所以撲去破帽上的簪花，以求棲息。對着落日餘暉，我持杯獨飲。縣城的重門都已關閉了，日暮的鐘聲也聽不到呢！

倦尋芳

上元

海霞倒影，空霧飛香，天市催晚。暮靨宮梅，
相對畫樓簾卷。羅襪輕塵花笑語，寶釵爭豔
春心眼。亂簫聲，正風柔柳弱，舞肩交燕。

念窈窕、東鄰深巷，鐙外歌沈，月上花淺。
夢雨離雲，點點漏壺清怨。珠絡香銷空念往，
紗窗人老羞相見。漸銅華，閉春陰，曉寒
人倦。

語 譯

雲霞倒影在海水上，天空的霧靄飄着香氣，天市星出現了，催促着夜晚降臨。日暮之際，在華美的樓閣上捲起簾幕，相對着的是隱約地閃爍着的宮梅形狀的燈飾。遊賞的女士們都穿着羅襪，走路時牽起陣陣輕塵，笑語盈盈，美豔如花。她們都戴着珍貴的頭釵，彼此爭豔鬥麗。在她們的心中只有春天呢！她們的體態如風一般的柔軟，又如柳一般的輕弱。她們歡樂地起舞，姿態美妙，如燕子交飛。這個時候，連簫聲也變得紛亂了！

我想到德貌美好的佳人。此際她正隱居在東邊鄰居的深巷中，在華燈之外，不再歌唱。月上的時候也看不清楚她的如花顏容。我們的歡聚不過是一場夢境，彼此分離又如浮雲一般的易散。聽到漏壺點點滴滴的水聲，淒清怨恨，如泣如訴。佩戴着珠絡的人兒啊，她的香氣已經消逝。想念往事只是徒然而已。站在紗窗前的人已經衰老，實在羞與她相見。於此春光漸漸催晚之際，她掩閉銅鏡，不理梳妝。不覺天曉寒侵，人也疲倦了。

西子妝

湖上清明薄游

流水麴塵，豔情酤酒，畫舸游情如霧。笑拈
芳草不知名，乍凌波、斷橋西堍。垂楊慢舞。
總不解、將春繫住。燕歸來、問彩繩纖手，
如今何許。

歡盟誤。一箭流光，又趁寒食去。不堪衰鬢
著飛花，傍綠陰、冷煙深樹。元都秀句。記
前度、劉郎曾賦。最傷心、一片孤山細雨。

語
譯

流水淡黃，色如麴塵。豔情熾熱，一如酷酒。當日畫舫遊湖的情況如煙如霧，記憶不清了。她開懷地拿着不知名的芳草，步履輕盈，不知不覺便到了斷橋的西畔。垂下來的楊柳隨意地飄舞，但總不明白要將春光綁住！燕子回來了。牠問當日鞦韆的彩繩和佳人的纖纖玉手如今可在何處呢！

歡聚的盟約耽誤了。流光如飛箭一般，又趁着寒食節消逝。我不能忍受自己的衰殘鬢髮附着飛走的嬌花，寧願留下來傍着綠葉成蔭和冷煙環繞的濃密的樹木。記得唐代著名詩人劉禹錫曾經賦詠過有關玄都觀的佳句。現在我遊湖的心情跟他相似。最傷心的是，眼前的孤山卻在一片濛濛細雨之中！

三姝媚

過都城舊居有感

湖山經醉慣。漬春衫、啼痕酒痕無限。又客
長安，歎斷衿零袂，污塵誰浣。紫曲門荒，
沿敗井、風搖青蔓。對語東鄰，猶是曾巢，
謝堂雙燕。

春夢人間須斷。但怪得當年，夢緣能短。繡
屋秦箏，傍海棠偏愛，夜深開宴。舞歇歌沈，
花未減、紅顏先變。佇久河橋欲去，斜陽
淚滿。

我在湖山之中經常醉酒,已成為習慣,以致青衫上沾染着無限的啼痕和酒痕。而今我又作客長安,慨歎殘破的衣襟和不完整的衫袖沾滿了泥塵,但有誰會為我清洗呢?我的舊居落在京城的小街曲巷。此際已門庭荒廢,只有青色的蔓條圍着破井,在風中搖曳。東邊可以互相對話的鄰居,仍然是曾經在往日豪門謝家堂前築巢的一對燕子而已。

人間的春夢終須斷了。只怨怪當年好夢的機緣如此短暫!在華美的居室裏彈奏秦箏作樂。傍着海棠花,最喜歡在深夜的時候宴飲。現在舞蹈已經停頓,歌聲亦已經沉寂。花雖未凋謝,但紅色的顏容已先改變了!我佇立在河橋很久,欲想離去。此刻已斜陽滿地,而我的眼淚已盈眶!

夜合花

（自鶴江入京，泊葑門外有感。）

柳暝河橋，鶯晴臺苑，短策頻惹春香。當時
夜泊，溫柔便入深鄉。詞韻窄，酒杯長。翦
蠟花、壺箭催忙。共追游處，凌波翠陌，連
櫂橫塘。

十年一夢淒涼。似西湖燕去，吳館巢荒。重
來萬感，依前喚酒銀缸。谿雨急，岸花狂。
趁殘鴉飛過蒼茫。故人樓上，憑誰指與，芳
草斜陽。

語
譯

河橋旁邊的楊柳幽暗，姑蘇臺苑圍的黃鶯在晴朗的天氣中啼叫。我揮着短小的馬鞭，不時招惹來春天的香絮。當時我們的遊船在晚間泊岸，雙雙墮入溫柔鄉的深處。詞韻太狹窄了，縛束太多，不便於描寫我們的歡愉生活。但酒杯深且長，載酒不少，可以讓我們暢飲。我們共剪蠟燭心的餘燼，徹夜談心。銅壺的箭標移動得很快，好像催促着我們。我倆共同追憶遊玩的地方，它們包括蒼翠的街道，在那裏她步履輕盈；也包括橫塘，在那裏我們一起泛舟遊玩。

十年如夢一般過去了，多麼淒涼啊！她好似西湖的燕子飛走了，只剩下吳館的燕巢 —— 西園荒蕪不堪。我重來舊地，感慨萬千。但仍然像以前一樣拿着銀缸呼喚飲酒。此際溪上的雨下得很急，岸邊的花草瘋狂地搖擺着。殘鴉也趁着這個時候急速地飛過曠遠無邊的天空。我登上曾經與故人共處的樓上，但這個時候又有誰可共我遙指芳草與斜陽呢？

新雁過妝樓

秋感

夢醒芙蓉。風檐近，渾疑佩玉丁東。翠微流水，都是惜別行蹤。宋玉秋花相比瘦，賦情更苦似秋濃。小黃昏。紺雲暮合，不見征鴻。

宜城當時放客，認燕泥舊迹，返照樓空。夜闌心事，鏡外敗壁殘蛩。江寒夜楓怨落，怕流作、題情腸斷紅。行雲遠，料澹蛾人在，秋月香中。

我在芙蓉帳裏夢醒了。寒風吹近屋檐，叮噹作響，我簡直懷疑這是佩玉互相撞擊的聲音！高山和流水，都可以找到我們惜別時的行蹤。我如戰國著名辭賦家宋玉，跟秋花一般的清瘦，已經很苦了，但吟詠情懷則更苦，其苦好似深秋給人的淒涼感受。黃昏是多麼短暫啊！深青透紅的雲彩在傍晚的時候從四方結集在一起，可惜的是見不到傳書的飛雁呢！

我像唐代詩人柳渾一樣曾經放走愛妾。我認得燕子築巢的泥塵舊跡，但當我以燈返照的時候，便發覺樓中空空洞洞，因為人兒已經離去了！夜殘之際，更覺心事重重。在沒有燈光的破壁間蟋蟀發出哀怨的叫聲。江水寒冷，夜間的楓葉飄落，令人頓生悽怨之感。我恐怕有人會題寫情詩於其上，令到它們變作斷腸紅葉，隨着流水到處飄浮。她如行雲一般已遠離我了。料想淡掃蛾眉的人兒現時正在充滿秋花香氣的月色之中。

絳都春

為李篔房量珠賀

情粘舞線。恨駐馬灞橋，天寒人遠。旋翦露痕，移得春嬌栽瓊苑。流鶯長語煙中怨。恨三月、飛花零亂。豔陽歸後，紅藏翠掩，小坊幽院。

誰見。新腔按徹，背鐙暗共倚，筠屏葱蒨。繡被夢輕，金屋妝深沈香換。梅花重洗春風面。正縠上參橫月轉。並禽飛上金沙，瑞香霧暖。

情早已黏着飄舞之柳線！往往在灞橋駐馬送別，
天氣寒冷，人又遠去，以致心情極為惆悵。不久，
將易於積聚露水之柳線剪下，把這「春嬌」移種
在華麗如美玉的園林中。流鶯常常訴說在煙花場
中的哀怨。她怨恨在短暫的當紅時飛花凌亂、凄
涼不定的生活。燦爛美好的時光過後，偎紅倚翠
的繽紛生活已埋藏掩蔽起來了，只退居在小巷的
幽靜院子裏。

現在誰人還可以見到她呢？她唱罷新歌之後，他
們倆便背着銀燈，靜靜地共同倚靠着青翠的竹屏
風。雙雙蓋着繡被，跌進輕快的夢境。在華美的
居所裏，她卸下盛妝，也換過了不同的薰香料。
她豔如梅花，從良後便重洗美如春風的顏容。此
刻，正是溪上參星橫斜、月亮轉移的天曉時候。
一對禽鳥雙雙飛至金黃色的沙灘，同宿在暖霧圍
繞的瑞香花上。

高陽臺

落梅

宮粉彫痕，仙雲墮影，無人野水荒灣。古石
埋香，金沙鎖骨連環。南樓不恨吹橫笛，恨
曉風、千里關山。歎飄零，庭院黃昏，月冷
闌干。

壽陽宮裏愁鸞鏡，問誰調玉髓，暗補香瘢。
細雨歸鴻，孤山無限春寒。離魂難倩招清些，
夢縞衣、解佩溪邊。最愁人，喚鳥晴明，葉底
清圓。

這是宮中粉黛凋謝後的痕跡啊！也是仙境的雲彩墜下來的影子呢！她飄落在絕無人跡的荒野水灣中。古舊的石頭埋葬了她芬香的肉體，金沙灘隱藏着她連環鈎結如鎖狀的骸骨。坐在南樓，我不怨恨聽到橫笛吹出《落梅花》的樂韻，卻怨恨曉風把她吹到千里外的關山那麼遙遠！當庭院黃昏之時或冷月照欄杆的時候，更感歎她飄零的淒涼身世！

她在壽陽宮裏對着鸞鏡發愁，整理額上的妝扮。試問誰人可以將白獺髓，雜玉與琥珀屑調和成藥，靜靜地為她修補額上的疤痕？雖然下着細雨，鴻雁仍然飛回來。可是孤山中的春寒依舊，無限無盡，一點都沒有減少！她的離魂很難以淒清的「楚些」招魂歌招回來了，我只能在夢中見到她，一身白衣，在溪邊為我解下玉佩。最使人發愁的是，在天氣晴朗明亮之時，禽鳥啼過不停，而在葉底的梅子已經長得青翠豐滿。這時候梅花已經完全凋落，一片都看不到了。

解語花

梅花

門橫皺碧，路入蒼煙，春近江南岸。暮寒如
翦。臨窣影、一一半斜清淺。飛霙弄晚。
蕩千里暗香平遠。端正看瓊樹三枝，總似蘭
昌見。

酥瑩雲容夜暖。伴蘭翹清瘦，簫鳳柔婉。翠
荒深院。幽棲久、無語暗申春怨。東風半面。
料準擬、何郎詞卷。歡未闌、煙雨青黃，宜
畫陰庭館。

門前橫着一片碧綠色的流水，漣漪如皺紋般細小；而路徑則沒入蒼煙之間。春天真的已迫近江南岸了！歲暮之寒氣如剪刀一般鋒利。我來到溪邊看倒影，注意到所有的梅花都斜斜地伸出，映照在清淺的溪水上。雪花在晚間飄揚，賣弄其風姿。梅花散發出來的幽香，在平遠的地勢上飄蕩千里。我認真地細看，如瓊玉般的梅樹有三枝，它們絕似在蘭昌宮所見的三位美女那麼艷麗。

一枝溫軟潤膩，美如玉石，如唐代楊貴妃侍兒張雲容的體態，在夜間不時散出暖氣。旁邊的一枝清瘦絕俗，如楊妃的另一侍女劉蘭翹的容貌。另外一枝溫柔婉順，如第三位侍女蕭鳳臺的性情。它們都在青綠但已荒廢的深院中。但由於它們幽居得太久了，以致欲偷偷地申訴在春天的哀怨亦說不出話來！在東風之中，它們凋落了，只剩得半面梅花。我預料，這般情況一定令人想起南朝詩人何遜的《詠早梅》詩篇。歡娛還未盡啊，但在此淒煙苦雨的黃梅雨季節中 —— 梅子成熟的時候，最宜在白天躲在庭館的陰蔽處，不出門了。

遠佛閣

（與沈野逸東皋天街盧樓，追涼小飲。）

夜空似水，橫漢靜立，銀浪聲杳。瑤鏡奩小。
素蛾乍起，樓心弄孤照。絮雲未巧。梧陰露
井，偏惜秋早。暗情多少。怕教徹膽寒光見
懷抱。

浪迹尚為客，恨滿長安千古道。還記暗螢穿
簾街語悄。欸步影歸來，人鬢花老。紫簫天
渺。又露飲風前，涼墮輕帽。酒杯空，數星
橫曉。

夜晚的天空寒涼如水,橫在天際的河漢靜靜地停在那裏,銀河的浪聲曠遠沉寂,全無聲響。小月高掛,如玉鏡般潔白無瑕。我眼中的素娥 —— 歌伎不期然地起牀,在樓閣的中央獨自地拿着鏡子顧影自憐。如棉絮的浮雲還未結成美妙的形狀。梧桐葉掉落在無蓋之井的旁邊,好似偏要憐惜秋天早已來臨。我的不可告人的情事算不清多少了!但最怕的是,月亮射出透膽的寒光,照見我心中的淒涼往事。

我久已浪跡天涯,此刻仍然作客異鄉。我心中的愁恨充滿了所有名城的街道。還記得,當日暗淡的螢火蟲穿簾輕飛,而街上是空無人語的時刻。當我騎馬歸來,看見自己鬢髮斑白、容貌神色衰老的時候,真是感慨萬千!紫簫 —— 我所愛的人兒啊,遠隔天涯,無從得見。又一次我在風中露天而獨酌,而涼風竟將我頭上的小帽吹下來!我盡情而飲,以致酒杯都空了。抬頭只見疏落的幾點星光橫在破曉的天空中。

渡江雲

西湖清明

羞紅鬘淺恨，晚風未落，片繡點重茵。舊隄分燕尾，桂櫂輕鷗，寶勒倚殘雲。千絲怨碧，漸路入、仙塢迷津。腸漫回、隔花時見，背面楚腰身。

迢巡。題門惆悵，墮履牽縈，數幽期難準。還始覺、留情緣眼，寬帶因春。明朝事與孤煙冷，做滿湖風雨愁人。山黛映，澄波澹綠無痕。

含羞的紅花顰蹙雙眉，微帶怨恨。一陣晚風掠過，但仍未將嬌美的花瓣吹落，點綴於厚重如茵的綠草上。舊建的堤壩向兩旁展開，如燕尾叉分。我一會兒乘坐桂木造的船隻，追風破浪，如輕鷗般飛快；又一會兒策着寶馬，倚傍着殘褪的野雲。我穿過一林楊柳，千絲萬條，碧綠得淒涼如怨。循着小徑，我漸漸進入如仙境般的幽谷，迷了途，找不到津口出路。隔着花叢，我偶然看見她的背面，身軀細小，腰纖可憐。這使我迴腸百結，衷懷不安。但，這些都是枉然的！

我徘徊凝佇，不敢前進。事後心中萬分惆悵，只題詩於門上而離去。過往的事長久地牽魂縈夢，總希望追憶尋回。但，預計幽會之期難於實現，杳茫得很。現在我才覺悟到，只驚鴻一瞥，便情留心中。她的美貌，令我腰減帶寬，消損憔悴。但，到了明朝，一切事情都會成為過去，冷寞得如孤煙一般！只剩下我孤零零地留在湖海上，對着悽風苦雨而發愁。青黑色的山巒映照在淺綠色的湖水中，澄澈得很，連半點塵埃的痕跡都沒有！

木蘭花慢

游虎丘

紫騮嘶凍草，曉雲鎖，岫眉顰。正蕙雪初消，松腰玉瘦，顛頜真真。輕蔾漸穿險磴，步荒苔、猶認瘞花痕。千古淒涼舊恨，半丘殘日孤雲。

開尊。重弔吳魂，嵐翠冷，洗微醺。問幾曾夜宿，月明起看，劍水星紋。登臨總成去客，更輭紅、先有探芳人。回首滄波故苑，落梅煙雨黃昏。

我騎着紫色的駿馬在凍草上行走。牠嘶叫頻頻。天曉的雲彩困鎖着如眉嫵形狀之峯巒。這正是美麗的積雪剛剛消溶的時候。我看見真娘的肖像，容顏憔悴，腰瘦如松枝，但美如潔玉。我們經過輕細的藤蘿，漸漸穿過險峻的石級。踏步在荒蕪的苔蘚上，仍舊認得當日埋葬嬌花的痕跡。興亡之事早已成為千古，變為舊恨。如今只剩得殘日照着半個虎丘，孤雲為它作伴而已。

舉杯飲酒吧！且讓我們重新憑吊吳國的亡魂。此處山氣翠綠而寒冷，正好洗滌一下微醉之人的頭腦，令他清醒清醒。試問曾有多少次夜宿之時，在月明之下，起來看劍池上的天星倒影？我們登上虎丘。但總會成為離去之人客，而且將要入都城軟紅塵土中。不過，之前我們首先作為探芳人 —— 探訪名勝古跡的人。回首顧望虎丘的故苑，被青綠色的水波環繞着。黃昏降臨了，正趁着飄落的梅花和漫天的煙雨。

水龍吟

惠山泉

豔陽不到青山，澹煙冷翠成秋苑。吳娃點黛，
江妃擁髻，空濛遮斷。樹密藏谿，草深迷市，
峭雲一片。二十年舊夢，輕鷗素約，霜絲亂、
朱顏變。

龍吻春霏玉濺。煮銀瓶、羊腸車轉。臨泉照
影，清寒沁骨，客塵都浣。鴻漸重來，夜深
華表，露零鶴怨。把閒愁換與，樓前晚色，
櫂滄波遠。

○語
○譯

嬌豔的陽光從來射不進此青山。慘淡的煙霞，加上寒冷之翠綠色將此山變成肅殺如秋的范圍。點點遠山如吳娃的青黑色鬢髮，又像江妃的雲髻。但卻被一片迷茫遮斷，看不清楚。惠山樹林茂密，溪流隱蔽；草木深暗，市鎮都迷。但，它卻突出空濛，如一片高峭的雲朵。這是二十年前的舊事了，如夢似煙！如今我重踐輕鷗的舊約，可惜如霜白之鬢髮已凌亂不堪，朱顏亦已經改變，衰老了。

泉水從龍吻狀的石刻噴發出來，如春天之雨雪紛飛，又如片片碎玉迸射而出。茶在銀瓶裏烹煮，發出的聲音如車聲繞羊腸般。我走到泉邊看我自己的倒影，頓覺一股清寒之氣沁入骨髓，頃刻間作客之塵都被洗淨了。我此次就像唐代茶學家陸羽般重來舊地，也如道教崇奉的古代仙人丁令威在深夜化鶴歸來，站立在城門華表之上，身在零落露水之中，感慨怨歎不已。我惟有把閒愁拋卻，而換取樓前之晚間景色，細聽滄波上的划船之聲，漸漸地愈離愈遠了。

宴清都

連理海棠

繡幄鴛鴦柱。紅情密、膩雲低護秦樹。芳根兼倚，花梢鈿合，錦屏人妒。東風睡足交枝，正夢遠瑤釵燕股。障灩蠟、滿照歡叢，嫠蟾冷落虛度。

人間萬感幽單，華清慣浴，春盎風露。連鬟並暖，同心共結，向承恩處。憑誰為歌長恨，暗殿鎖秋鐙夜語。願舊期、不負春盟，紅朝翠暮。

繡幕籠罩着如鴛鴦交頸的連理海棠樹。紅花情意
綿綿地密集在一起，如肥潤的雲朵低垂，維護着
樹幹。芳美的樹根互相交倚。樹梢的花朵雙雙如
鈿合的上下兩扇，彼此拼合。這般情形令到深閨
的人兒頓起嫉妒之心！海棠樹枝柯相交地在東
風裏酣睡着。她的夢正縈繞着如燕尾形狀的玉
釵。以手遮着高燒的蠟燭，讓它滿滿地照着合歡
之花叢。這使到孤單的月亮覺得被冷落和虛度了
光陰！

在人世間幽居孤獨地生活，真是令人感慨萬千
啊！想到唐代的楊貴妃習慣在華清池沐浴的時
刻：當時的情況滿溢着春風雨露呢！她為了唐玄
宗，將雙鬢合梳為一，兩人共結同心，一起地進
入承受恩澤之處 —— 長生殿。但此刻憑誰為他
們唱《長恨》之歌？試想：當時寂靜地在幽暗的
長生殿裏，於秋燈之下兩人夜間私語綿綿的開心
日子！說到往日的佳期，彼此誓言不負愛情的盟
約，無論何時何地都不會改變，不論是紅色的早
晨，或綠色的晚上。

瑞鶴仙

丙午重九

亂雲生古嶠。記舊游、惟怕秋光不早。人生斷腸草。歎如今搖落，暗驚懷抱。誰臨晚眺。吹臺高、霜歌縹緲。想西風、此處留情，肯著故山衰帽。

閒道。莧香西市，酒熟東鄰，浣花人老。金鞭驟褭。追吟賦、倩年少。想重來新雁，傷心湖上，銷減紅深翠窈。小樓寒，睡起無聊，半簾夕照。

紛亂的浮雲好像從古老的高山生出來一般。我記起昔日郊遊的景致便是這樣的。現在只怕秋天的光景已經不早了。人生是無比痛苦的，一如斷腸草入口，牽挽人腸。慨歎如今萬木搖落，使我心裏暗暗吃驚。面對這般景象，誰人會在傍晚登臨眺望？吹臺高聳地屹立着，而令人生寒意的歌聲是從那裏發出來，恍惚在有無之間。我覺得西風尚留情此處，不把故人之破帽吹落，仍讓他戴在頭上。

聽人家說道：西市之茱萸香美，東鄰的美酒亦已煮熟。可惜我已如唐代詩人杜甫一般早已隱居，而且年紀已老！當日手揮着金鞭，騎着駿馬，到處追逐，吟詠賦詩。但這些都是風華正茂年輕時的事情了。我料想：重來的新雁，當牠飛過湖上，看見紅花已變得深暗，綠葉已變得幽窈，牠一定會因此而傷心，以致身軀瘦損。在寒冷的小樓裏，一覺醒來，我覺得百般無聊，只見傍晚的斜陽照射在半幅窗簾之上。

金盞子

（吳城賞桂，風雨零落，寓窗晚花未開。適有
新邑之役，揭來西館，忽見一枝，因賦。）

賞月梧園，恨廣寒宮樹，曉風搖落。莓砌掃
蛛塵，空腸斷，薰鑪爐消殘蕚。殿秋尚有餘
花，鎖煙窗雲幄。新雁又無端，送人江上，
短亭初泊。

籬角。夢依約。人一笑、惺忪翠裘薄。悠然
醉魂喚醒，幽叢畔、淒香霧雨漠漠。晚吹乍
顫秋聲，早屏空金雀。明朝想、猶有數點蜂
黃，伴我斟酌。

在梧園賞月。我怨恨月宮的桂樹被曉風搖動，吹落了。生滿莓苔的臺階抹上一層昆蟲惹來的塵埃。心傷腸斷只是枉然，惟有把凋謝的桂花放進熏爐燃燒，以取其香氣，直至片片變為餘燼。秋末仍有剩餘的桂花，圍着輕煙裊裊的窗戶和美如雲彩的帷帳。新雁又一次無端地將人送到江水之上。我的行舟首先停泊在岸邊的短亭附近。

籬角間我見到她，好像夢中一般地隱約。她穿着薄羅裳，翠袖迎風，惺忪睡眼，向我嫣然一笑。我的醉魂安閒地被喚醒了。站在幽暗的草叢旁邊，我靜靜地享受桂花的淒冷香氣和欣賞如霧一般的細雨。晚風忽然吹起，送出陣陣秋聲。桂花早就凋落了，如屏風空無金孔雀一般。我想，到了明朝，只有數隻黃蜂伴我飲酒而已！

澡蘭香

淮安重午

盤絲繫腕，巧篆垂簪，玉隱紺紗睡覺。銀瓶露井，彩箑雲窗，往事少年依約。為當時、曾寫榴裙，傷心紅綃褪萼。黍夢光陰，漸老汀洲煙蒻。

莫唱江南古調，怨抑難招，楚江沈魄。熏風燕乳，暗雨梅黃，午鏡澡蘭簾幕。念秦樓、也擬人歸，應翦菖蒲自酌。但悵望、一縷新蟾，隨人天角。

盤捲的五色絲纏在手腕上。小巧的符篆從頭釵垂下來。玉人隱於天青色之紗櫥睡覺。在沾濕露水之井旁拿着銀瓶而飲宴，在花窗之前搖動着彩扇而歌舞。我依稀記得少年的往事。為了當時曾經寫過色如石榴的紅裙，如今我看見紅綃如花一般殘褪而感到傷心。光陰逝去，如炊黍一夢。此際我身處水中小洲如煙一般柔軟的香蒲草叢中，也漸漸步入老境了。

不要唱江南古調啊！就算如何哀怨，如何抑鬱，也難把沉於楚江的魂魄招回來。小燕在暖風中飛舞，梅子在細雨中黃熟。人們在這個時候，都用午時所鑄造的鏡子自照，更在簾幕之後用蘭湯沐浴。我想，在秦樓的人兒也擬度她心中的愛人會歸去。但可惜她只落得自酌菖蒲酒而已。我只有惆悵地遙望着一彎新月，它隨着我天涯海角，到處流浪！

霜花腴

重陽前一日泛石湖

翠微路窄，醉晚風、憑誰為整攲冠。霜飽花
腴，燭銷人瘦，秋光做也都難。病懷強寬。
恨雁聲、偏落歌前。記年時、舊宿淒涼，暮
煙秋雨野橋寒。

妝靨鬢英爭豔，度清商一曲，暗墜金蟬。芳
節多陰，蘭情稀會，晴暉稱拂吟牋。更移畫
船。引佩環、邀下嬋娟。算明朝、未了重陽，
紫萸應耐看。

語

譯

山路狹窄。我陶醉於晚風之中。但是憑誰為我整頓攲斜的帽子？霜雪飽滿，黃花肥美；銀燭消殘，身軀瘦損。這些秋天的現象是很自然的，不是做得來的。患病的情懷得到勉強寬解。只恨悲哀的雁聲偏偏落在歡樂的歌聲面前！記得往年這個時候，舊日宿留之處，環境淒涼，一片暮煙秋雨，野外的楓橋寒冷得可憐。

歌妓之粉臉與她鬢髮上之黃花爭妍鬥麗。我自製清商樂一曲。她聽得入迷了，竟然墜下雲鬢而不知。佳節往往遭逢到陰天，而好事卻很少遇上。此刻晴朗的陽光正稱意地照在詩箋上。我更划動畫船，手牽着佩帶玉環之人兒，邀請明月下來。我推想，到了明朝，重陽節還未過去，紫色的茱萸應該仍耐觀看，不致凋謝的。

解連環

留別姜石帚

思和雲積。斷江樓望睫，雁飛無極。正岸柳、
衰不堪攀，忍持贈故人，送秋行色。歲晚來
時，暗香亂、石橋南北。又長亭暮雪，點點
淚痕，總成相憶。

杯前寸陰似擲。幾酬花唱月，連夜浮白。省
聽風聽雨笙簫，向別枕倦醒，絮颺空碧。片
葉愁紅，趁一舸、西風潮汐。歎滄波、路長
夢短，甚時到得。

我的思緒和浮雲凝結在一起，飄動不定。登上江樓，極目而望，見到野雁孤飛，飛到無邊無極的天邊。此刻岸旁的垂柳已衰敗到不堪為人攀折，他又怎忍在此秋寒的天氣裏拿來贈給我這個朋友作為送行之物？昔日我在歲晚來到此地之時，梅花發出紛亂的香氣，散佈在石橋一帶。此際在長亭話別，又一次在傍晚下雪了。我們都傷心到流出淚來，雪花片片，淚痕點點，此情此景，造成我們別後相憶不已。

往日宴飲，覺得光陰過得很快，如擲物一般。我們多少次在花前月下應酬，連續數夜酒斟滿杯，傾飲不停！我察覺到風聲、雨聲，加上笙簫之聲，奔進我別後的夢鄉，雖然疲倦不堪，但終於醒來。只見柳絮在碧空中漫天飛舞而已！片片落葉，點點殘紅，趁着西風帶來的潮汐，隨着行舟流去。對着眼前暗綠色的波濤，我感慨萬千。道路那麼遙遠，而夢境如此短暫，試問何時才可以到達我要去的目的地呢？

惜黃花慢

（吳江夜泊小飲，僧窗惜別，邦人趙簿攜妓侑尊，連歌數闋，皆清真詞。酒盡已四鼓，賦此餞尹梅津。）

送客吳皋。正試霜夜冷，楓落長橋。望天不盡，背城漸杳，離亭黯黯，恨水迢迢。翠香零落紅衣老，暮愁鎖、殘柳眉梢。念瘦腰。沈郎舊日，曾繫蘭橈。

仙人鳳咽瓊簫。恨斷魂送遠，九辨難招。醉鬢留盼，小窗翦燭，歌雲載恨，飛上銀霄。素秋不解隨船去，敗紅趁一葉寒濤。夢翠翹。怨紅斜過南譙。

我在吳江岸邊送客。這正是開始降霜，夜間寒冷，楓葉飄落長橋的時候。仰望天空，茫茫無盡；背着的城樓漸漸杳遠。供人話別的亭子昏昏暗暗，為人載恨的江水遙遠綿長。發出香氣的綠葉已經零落，像紅衣一般的花朵亦已經衰老。暮色如愁，困鎖着殘柳的枝枝葉葉。柳的瘦腰使我想到舊日的沈約，他當日也曾繫着木蘭舟，捨不得朋友離去。

攜來的歌伎吹簫唱曲，歌聲美妙，如昔日仙人弄玉吹瓊簫作鳳鳴無異。我魂已斷！此際送客遠去，就算我的才華高似曾寫《九辯》的宋玉也難把他招回來。半醉的丫鬟 —— 歌伎希望挽留他；我和他在小窗下剪燭談心，也極力挽留他。小伎高歌，歌聲載恨，化作朵朵浮雲，飛上銀色的天空。慘淡的秋天不了解須隨着離人的船隻遠去，而偏要留下來！連僅餘下的殘花也趁着一片寒濤而飄走。我夢見戴着翠翹的心上人。正當此際，哀怨的紅花斜斜地飄過城之南樓。

霜葉飛

重九

斷煙離緒。關心事，斜陽紅隱霜樹。半壺秋水薦黃花，香噀西風雨。縱玉勒、輕飛迅羽。淒涼誰弔荒臺古。記醉踏南屏，彩扇咽、寒蟬倦夢，不知蠻素。

聊對舊節傳杯，塵牋蠹管，斷闋經歲慵賦。小蟾斜影轉東籬，夜冷殘蛩語。早白髮緣愁萬縷。驚飆從卷烏紗去。慢細將、茱茰看，但約明年，翠微高處。

空中煙霞中斷，彷若我的離情別緒。這些景象已牽引起我的傷心事，更何況看見血紅色的夕陽隱隱地藏在秋林之中。我將半壺秋水獻給黃花。它們的香氣噴發出來，瀰漫在西風秋雨裏。我控縱着寶馬，牠輕快如飛鳥。但誰人還會憑吊境況淒涼的古老荒臺？還記得，我帶醉與歌姬登上南屏山。她舞着彩扇，歌聲凝咽。我如寒蟬般從夢中驚醒，一時之間弄不清她的名字了，她是否名叫樊素呢？

無聊地我循着舊時節日的習俗把盞強飲。紙牋已經生塵，筆管已為蟲蛀，經年未寫好的歌詞我也懶得去完成了。月亮的影子斜斜地轉向東邊的籬笆。午夜嚴寒，萬籟俱寂，只聽見微弱的蟋蟀叫聲。我的鬢髮早已斑白了，因為哀愁的事情實在太多，如千絲萬縷。就任由驚風捲走我的烏紗帽吧！不做官算了。隨意地我手執着茱萸，仔細地觀看。就約定明年，在山之高處再見吧！

六醜

壬寅歲吳門元夕風雨

漸新鵝映柳，茂苑鎖、東風初掣。館娃舊游，
羅襪香未滅。玉夜花節。記向留連處，看街
臨晚，放小簾低揭。星河瀲灩春雲熱。笑屬
皴梅，仙衣舞纈。澄澄素娥宮闕。醉西樓
十二，銅漏催徹。

紅銷翠歇。歎霜簪練髮。過眼年光，舊情盡
別。泥深厭聽嗁鴂。恨愁霏潤沁，陌頭塵韈。
青鸞杳、鈿車音絕。卻因甚、不把歡期，付
與少年華月。殘梅瘦、飛趁風雪。丙夜永、
更說長安夢，鐙花正結。

漸漸地新鮮的鵝黃色映照柳條。它們包圍着花木繁茂的苑
囿。這真是東風開始吹動的時候了！在館娃宮內有我們
舊遊的蹤跡，羅綺造的短衣遺留下來的香氣仍然沒有消失
呢。這是春節的一個如玉一般美好的晚上啊！我記得那個
往昔留連不忍離去的地方。那處，當我傍晚揭起低垂的小
簾之時，便會看見街道上的一切活動。天上有閃爍燦爛的
銀河，春天的雲彩也因此而變得溫暖起來了。婦女們都帶
着笑臉，額前攲斜地畫着「梅花妝」，穿上美如仙女一般的
服裝，花紋別致，色澤斑斕，迎風起舞。仙女嫦娥居住的
月宮皎潔可愛。大家都在酒樓上飲酒至醉。只覺銅壺滴漏
催促着人們盡快結束其歡樂之事。

現時一切已經成為過去，如紅花萎謝，翠葉枯歇！我慨歎
如練白的鬢髮為霜雪所簪，變得更白了。光陰過眼，迅速
消逝，舊日的情懷完全沒有了！道路泥濘深且滑，我真是
厭惡啼鳩的叫聲啊！我怨恨使人發愁的雨雪濕潤浸漬，
令到我在街上行走之時鞋襪蒙上塵埃。青色的鷺鳥無影無
蹤，裝飾着金花的馬車亦絕對不聞其聲了。但，為甚麼不
把歡樂的時光交給少年時如花之歲月呢？殘梅消瘦，掉下
來了，隨着風雪翻飛。三更時分特別長啊！我又一次訴說
當日在京城的舊事，如夢境一般。這個時候，京城的家家
戶戶正在張燈結綵，歡樂地迎接元宵佳節呢！

鶯啼序

殘寒正欺病酒，掩沈香繡戶。燕來晚、飛入
西城，似說春事遲暮。畫船載、清明過卻，
晴煙冉冉吳宮樹。念羈情游蕩，隨風化為
輕絮。

十載西湖，傍柳繫馬，趁嬌塵暖霧。溯洄漸、
招入仙谿，錦兒偷寄幽素。倚銀屏、春寬夢
窄，斷紅溼、歌紈金縷。暝隄空，輕把斜陽，
總還鷗鷺。

幽蘭旋老，杜若還生，水鄉尚寄旅。別後訪、
六橋無信，事往花萎，瘞玉埋香，幾番風雨。
長波妒盼，遙山羞黛，漁鐙分影春江宿。記
當時、短楫桃根渡。青樓髣髴，臨分敗壁題
詩，淚墨慘澹塵土。

危亭望極，草色天涯，歎鬢侵半苧。暗點
檢、離痕歡唾，尚染鮫綃，韞鳳迷歸，破
鸞慵舞。殷勤待寫，書中長恨，藍霞遼海
沈過雁，慢相思、彈入哀箏柱。傷心千里
江南，怨曲重招，斷魂在否。

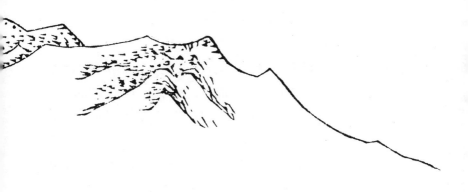

正是殘寒折磨病酒之人的時候，我關鎖着沉香木造的華麗門戶。燕子來得較晚。牠飛入杭州城的西邊，好像告訴我們春天已經到了盡頭。裝飾華美的船隻載着我們，就這樣清明節便過去了。晴朗天氣的煙霞輕柔地飄過吳宮的樹林。我想到羈旅之情，飄遊動蕩，隨風吹逐，化為輕飛之花絮。

在西湖一帶，我度過了十載。往往在柳邊繫馬，追逐那裏的嬌柔美麗的景色。我逆流而上，漸漸為美景所吸引，走入仙境之中。結果令到心上人的侍婢偷偷地將她的幽情告訴我。她倚憑着銀製的屏風，感覺到春長夢短，現實與理想有很大的距離。她滴下胭脂染過的紅淚，把歌扇與金線刺繡的舞衣都弄濕了。天色昏暗的堤岸已是空無一人，無可奈何我們輕易地將斜暉通通歸還給海鷗和白鷺！

幽蘭已逐漸衰老，而杜若又生長了，但我仍在江南水鄉寄居作客。分別之後，我到處尋訪她。我找遍了六橋一帶，可惜全無她的音訊！事情已成過去，花朵已經萎謝，玉石和香氣亦已經被埋葬了，而且經過了多番風雨。她真的很美啊！她令到悠長的水波都妒忌她美麗的眼睛，遙遠的山巒也因她的蛾眉而自覺羞愧。

我倆在春江棲宿的時候，漁火零散地投影於水面上，多詩意啊！我仍記得當時在桃根渡與她話別，把她送上船兒的情況。我隱約記得在青樓到了分別之時，我曾經在破壁題詩。我的淚水滲進了墨汁，使到墨色悽慘暗淡，毫無光澤，宛似蒙上了一層塵土。

我登上高處的亭子，極目而望。看見綠草的顏色遠接天邊。我慨歎鬢髮已經變得半白，如被白色的苧麻所侵佔。我暗自反省回顧。離別時的淚痕和歡愛時的唾沫，仍然沾染在絲綢的手帕上。此刻我好像一隻垂下翅膀的鳳鳥，無精打采，不知歸路；又好像一隻破鏡的鸞鳥，懶洋洋不願意起舞。待我殷勤書寫，將綿長的恨事寫進書信中。可惜藍天闊海竟將飛過的鴻雁埋沒了，以致書信送不到她那裏去！我隨意地將相思之情彈入哀箏之音樂中。遠在千里外的江南，我心傷到極，企圖以哀怨之曲把她重招回來，但不知她那已經消逝之魂魄是否還在人世間呢？

附錄

戈載「跋語」（節錄）

「夢窗從吳履齋諸公游，晚年好填詞。以綿麗
為尚，運意深遠，用筆幽邃，鍊字鍊句，迥不
猶人。貌觀之，雕繢滿眼，而實有靈氣行乎
其間。細心吟繹，覺味美於回，引人入勝。
既不病其晦澀，亦不見其堆垛，此與清真、
梅谿、白石並為詞學之正宗。一脈真傳，特
稍變其面目耳。猶之玉谿生之詩，藻采組織，
而神韻流轉，旨趣永長，未可妄譏其獺祭也。
自來填詞家，得其門者或寡矣。」

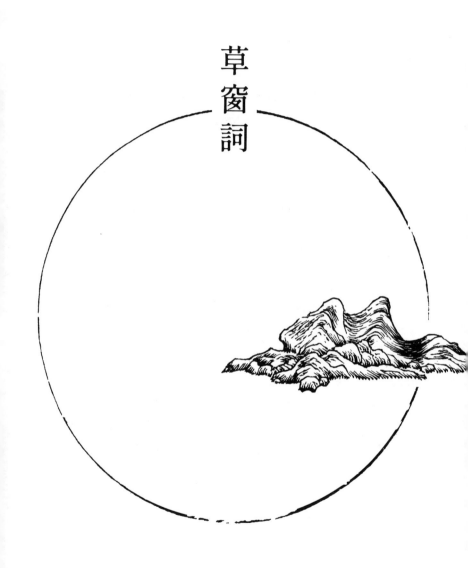

草窗詞

少年游

宮詞擬梅谿

簾銷寶篆卷宮羅。蜂蝶撲飛梭。
一樣東風，燕梁鶯戶，那處春多。

曉妝日日隨香輦，多在牡丹坡。
花深深處，柳陰陰處，一片笙歌。

簾內的寶香已經燃盡了，她捲起宮闈的羅帳，看見蜜蜂和蝴蝶向黃鶯飛撲。到處的東風都沒有分別，到處都有棲息着燕子的畫梁和飛翔着黃鶯的院子，實際上，那處的春色較多呢？

她每天清晨都打扮得漂漂亮亮，乘着香車，很多時都在牡丹坡出現。那裏，從花叢中最深之處，柳蔭下之最暗處，透現出笙歌陣陣的歡樂景象。

二 | 醉落魄

（送洪仲魯之江西。）

寒侵逕葉。雁飛擊碎珊瑚屑。硯涼閒試霜
晴帖。頌鞠騷蘭，秋事正奇絕。

故人又作江西別。畫樓虛度中秋節。碧闌
倚徧愁難說。愁是新愁，月是舊時月。

語
譯

寒氣侵襲路徑上的樹葉。秋雁飛過，將珊瑚一般
美麗的秋霜擊碎了！因天氣關係，墨硯也變得寒
凍了，我清閒得很，故此嘗試賦寫秋色的詩詞。
我歌頌秋菊和為香蘭賦詩，這些在秋天可做的事
情真是奇妙絕倫呢！

我的故友又一次要離開我們到江西去了！在畫樓
上我空虛地度過中秋節而已。我倚徧碧綠色的欄
杆，但內心的哀愁是頗難說明白的。這些愁是新
添的，但天空上的月亮卻是舊時一樣。

三 | 祝英臺近

後谿

殢餘酲,尋舊雨,愁與病相半。綠意陰陰,
絲竹靜深院。絕憐事逐春移,淚隨花落,似
翦斷、鮫房珠串。

喜重見。為誰倦酒慵詩,筭屏掩雙扇。白髮
潘郎,羞見看花伴。可堪好夢殘時,新愁生
處,煙月冷、子規聲斷。

語
譯

沉溺在殘醉之中，帶着半愁半病，我訪尋舊友。那處一片蒼綠，陰陰森森。但從寂靜深暗的院子裏卻傳來陣陣絲竹之聲！最為憐惜的是，事情已經過去，春天亦已經遷移了。我的淚珠隨花飄落，好似鮫人 —— 傳說中的「美人魚」閨中的一串珍珠被人剪斷，點點掉下來一般。

我們重聚了，多歡喜啊！但是我卻倦於飲酒，懶於賦詩，甚至把竹製屏風的重扇都掩閉住。為了誰人我這樣做呢？我這個鬢髮早白的如晉朝美男子潘岳（潘安）一般，與看花伴侶一起的時候，真自覺羞愧得很。當美夢消失之時，新愁萌生之際，在煙月淒冷之中，連杜鵑的啼聲都沒有的時候，我可以忍受得住嗎？

四 | 明月引

（再和趙白雲。）

雁霜鴻雪冷飄蕭。斷魂潮。送輕橈。翠襲珠
樓，清夜夢瓊簫。江北江南雲自碧，人不見，
淚花寒、隨風飄。

愁多病多腰素銷。倚青琴，調大招。江空年
晚，淒涼句、遠意難描。月冷花陰，心事負
春宵。幾度問春春不語，春又到，舊西湖、
第幾橋。

在如霜雪一般寒冷的風吹動之際，鴻雁飛過。潮水來了，我送別輕舟上的佳人，這時我的魂也斷了！於珠樓之內，翠袖叢中，我整晚做夢，見到她——如古代民間神話傳說中西王母的侍女許飛瓊或唐代的玉簫一般漂亮的她。江北和江南的浮雲孤獨地躺在那裏，呈現出碧綠色。我見不到我想見的佳人，我灑下冰冷的淚水，如落花一般，隨風飄蕩。

我心中充滿愁緒，身體多病，腰圍也消瘦了。幸有青琴作伴，賴以彈奏楚辭中《大招》之曲。江上絕無船隻，空寂得很。更何況這正當歲暮之時呢！我的詩雖滿是淒涼的句子，可是懷念遠方的心意卻是難以描寫出來的。眼前只有一輪冷月和陰暗的花叢，我的心事真是辜負了可愛的春夜呢！我曾多次向春天查問，可是它卻沒有回答。現在春天又來到舊西湖了，但是它到了西湖的那一條橋呢？

五 ｜ 玉京秋

（長安獨客，又見西風素月，丹楓淒然，其為
秋也。因調夾鐘羽一解。）

煙水闊。高林弄殘照，晚蜩淒切。碧砧度韻，
銀牀飄葉。衣溼桐陰露冷，采涼花、時賦秋
雪。歎輕別。一襟幽事，砌蛩能說。

客思吟商還怯。怨歌長、瓊壺暗缺。翠扇恩
疏，紅衣香褪，翻成消歇。玉骨西風，恨最
恨、閒卻新涼時節。楚簫咽。誰倚西樓澹月。

語
譯

煙霧籠罩着一片闊大的江水，夕陽賣弄它的風姿，殘照着高聳的樹木，晚蟬不斷地哀鳴，淒淒切切。我聽見人家正在搗衣，不斷傳出似有韻律的砧聲；又看見落葉飄在井欄的旁邊。夜露冰冷，我站在桐蔭之下，衣服都被沾濕了。採摘秋花之餘，我又為秋雪賦詩。我慨歎，哪麼輕易便要與友人離別了！我隱藏在心裏的情事只有石階上的蟋蟀明白，亦只有牠們能夠訴說出來。

我懷着作客他鄉的心情，以悲涼的調子 ──「林鐘商」吟詠詩賦，但畢竟還有些驚怯的。我唱着哀怨的長歌，瓊玉造的酒壺在不知不覺間已被我敲破了。如紈扇一般的翠綠色的荷葉已經漸漸疏落凋謝了，如紅衣一般的荷花所散發的香氣亦已褪減了。一切都已停止了，變得如煙消雲散！她冰肌玉骨，可憐正在西風之中，飽受折磨呢！她此刻最怨恨的是，在這新涼時節之時，孤零零地一個人，沒有人為她作伴！楚簫悲鳴啊！當此際，誰人倚在西樓之中、澹月之下默默凝思呢？

六　探芳信

（西湖春感，和玉田韻。）

步晴晝。向水院維舟，津亭喚酒。歎劉郎重
到，依依慢懷舊。東風空結丁香怨，花與人
俱瘦。甚淒涼，暗草沿池，冷苔侵甃。

橋外晚風驟。正香雪隨波，淺煙迷岫。廢苑
塵梁，如今燕來否。翠雲零落空隄冷，往事
休回首。最銷魂，一片斜陽戀柳。

在晴朗的白天我出行遊歷。在傍水的人家我停駐
行舟,又向渡頭的酒亭買酒。我如唐代的詩人劉
禹錫一般,又重訪這個地方了,但慨歎的是,我
不經意地懷念舊日發生過的事情,至今還依依難
捨呢!在東風吹拂之中,我覺得難解的怨恨 ——
「丁香怨」是徒然締結的,致令到今日花殘人瘦。
十分凄涼啊!眼前只見幽暗的野草沿池而生和荒
冷的苔蘚侵襲井壁而已。

小橋之外,晚風驟然吹起!這正是清香的雪片隨
水波飄去和輕淺的煙霧遮蔽着峯巒之時呢!荒廢
的皇家禁苑和塵埃堆積的畫梁仍在,但而今燕子
還會飛來嗎?翠綠色的浮雲多已飄散了,零落得
很;空虛的堤岸已變得清清冷冷,以往的事情不
要回首顧望了。最使人魂消的是,眼前一片斜陽
仍依戀着那些垂柳呢!

七 | 法曲獻仙音

弔雪香亭梅

松雪飄寒，嶺雲吹凍，紅破數椒春淺。襯舞臺荒，浣妝池冷，淒涼市朝輕換。歎花與人彫謝，依依歲華晚。

共淒惋。問東風、幾番吹夢，應慣識、當年翠屏金輦。一片古今愁，但廢綠、平煙空遠。無語銷魂。對斜陽、衰草淚滿。又西泠殘笛，低送數聲春怨。

語
譯

白雪飄落在松枝上，散出寒氣；浮雲飛往嶺頭，我感覺到一陣凍氣向我吹來。紅色的梅花蓓蕾，狀似花椒，已有數枝綻放了，春天剛剛開始呢！襯舞臺荒廢着，浣妝池亦頗冷落，因為仍然未有人到訪。市列如朝列一般，輕易地換了人羣，多淒涼啊！慨歎的是，花與人都凋謝了，一年的光陰已到了盡頭，真是依依難捨呢！

我們都淒楚悲傷啊！東風幾度吹來，喚醒我的美夢。我向它詢問，是否應該已習慣地認識，當年滿鑲着翠玉的屏風和以金裝飾的皇帝后妃的座車。這一片愁緒貫串着古今，但眼前只有廢棄的一片綠草、橫陳的煙靄和寂寞的遠天。我説不出我的感覺，卻極度悲傷，好似失去了魂魄一般。對着斜陽，我的淚水灑滿在衰草上。我又聽到從西泠傳出來的幾點殘笛聲，低迴婉轉，好似有意將春怨送走。

懷舊

記千竹、萬荷深處。綠淨池臺，翠涼亭宇。醉墨題香，閒簫橫玉盡吟趣。勝流星聚。知幾誦燕臺句。零落碧雲空，歎轉眼歲華如許。

凝佇。望涓涓一水，夢到隔華窗戶。十年舊事，儘消得庾郎愁賦。燕樓鶴表半漂零，算惟有、盟鷗堪語。慢倚徧河橋，一片涼雲吹雨。

語

譯

我仍記得，深處種着千竹萬荷這個地方：那裏有環繞着潔淨綠水的池臺和藏在翠樹陰涼之中的亭宇。當時的客人都帶着醉意，以蘸滿香墨的筆題詩；或引洞簫吹玉笛，盡情吟詠他們感興趣的事物。一時的名士如天上的星星，聚在一起。記不清楚他們朗誦了多少篇如唐朝詩人李商隱寫的《燕臺詩》那麼優美的詩篇了。而今這些名士已零落殆盡了，如碧天上的浮雲散盡一般。我慨歎，轉眼間光陰就如此一去不回了。

我站着出神。望着河水細細流逝，我幻想着昔日隔着花叢的窗戶。這是十年前的舊事了，我的愁懷正如南北朝時期文學家庾信一樣啊！真抵消得他所寫的《愁賦》了。唐代名伎關盼盼所居的燕子樓和道教崇奉的古代仙人丁令威化鶴歸遼時所集之華表，一半已經不存在了。我推算，只有與我有盟約的沙鷗還值得共語而已。我不經意地在河橋上隨處倚憑，忽然吹起一陣驟雨，涼雲也隨之消散了。

| 念奴嬌

中秋對月

奩霏淨洗，喚素娥睡起，平分秋色。

雁背風高媚兔冷，露腳侵衣香溼。

銀浦流雲，珠房迎曉，鬢影霜爭白。

玉尊涼夜，與誰同醉瑤席。

忍記倚桂分題，簪花籌酒，處處成陳迹。

十二樓空環佩杳，惟有孤雲知得。

如此江山，依然風月，月底人非昔。

知音何許，淚痕空沁愁碧。

語
譯

雲散煙消，如鏡奩一般的月亮明淨如洗。它把月宮仙子嫦娥從睡夢中喚醒，與她平均分享秋天的景色。晚風在高空中的雁背上吹拂，令到月中的玉兔感覺一陣寒冷；同時露水飛灑下來，侵襲和弄濕了她帶着香氣的衣服。浮雲在天河中飄動之際，她在珠房中迎接天曉的來臨。看，她的雲鬢多皎潔啊，竟能與秋霜爭白呢！當此良夜，握着玉造的酒杯，我可與誰一起在瑤席間同飲共醉呢？

我忍受着痛苦，記起當日在桂樹下分題賦詩的舊事：我們頭上都插着花，按着籌簽行令飲酒。這一切的一切都已成為陳跡了！現時的月宮——如仙人居住的「十二樓」般已全無人跡了，環佩之聲亦已杳不可聞了，只有如孤雲般的客居寒士知道她究竟已往哪裏去。眼前的江山，雖然風月依然如昔日，可是月亮之下的人物就不是昔日一樣了。知音現時在甚麼地方呢？我的淚水徒然沁透着充滿愁思的碧空而已。

十 | 渡江雲

（丁卯歲末除三日，乘興櫂雪，訪李商隱、周隱於餘不之濱。歸途再雪，萬山玉立，冰鏡晃耀，疑行清虛府中，奇絕境也。揭來故山，恍然隔歲，慨然懷思，何異神游夢適，因賦此解，以寄余懷。）

冰谿空翠晚，滄茫雁影，淺水落寒沙。那回乘逸興，夜雪孤舟，曾訪故人家。千林未綠，芳信暖、玉照霜華。共憑高、聯詩喚酒，暝色奪昏鴉。

堪嗟。漸鳴玉佩，山護雲衣，又扁舟東下。想故園、天寒倚竹，褒薄籠紗。詩筒已是經年別，早暖律、春動香葭。愁寄遠，谿邊自折梅花。

入夜了，蒼翠的溪水開始結冰，顯得一片清空！在滄茫大地中飛來幾隻鴻雁，我看着牠們降落在被淺水環繞着的寒冷河灘之上。我記得，那一次乘着雅興，在晚間冒着大雪，乘着小舟，單獨到故友居住的地方探訪他們。那時，滿山的樹木仍未變作綠色。天氣亦較為和暖，故在玉般皎潔的月色照射下，霜雪映現出一片光輝。我們倚在高樓上，大家合作賦詩，一起飲酒，直至夜色深暗 —— 比昏鴉還要深暗呢！

這些都是可堪嗟歎的舊事啊！現時溪水解凍了，流水淙淙，如環佩相擊，發出叮咚之聲。雲層又遮蔽着山巒，好像為它們披上保護衣一般。正當這個時候，我又一次乘坐扁舟隨水東下了。我想念舊日在花園發生過的事情：她在天氣寒冷之時，倚憑着修竹，而只穿着薄薄的紗製衣裳而已！差不多一年已沒有和朋友詩文酬唱傳遞了。和暖的天氣很早已經來臨，影響到十二律的定音儀器。春氣動了，引致在律管中以初生蘆葦製成的薄膜灰自動飛出來呢！愁緒滿腔，我獨自在溪邊折下梅花一枝，以寄給我遠方的朋友。

解語花

（羽調《解語花》，音韻婉麗，有譜而亡其詞。
連日春晴，風景韶媚，芳思撩人，醉撚花枝，
倚聲成句。）

晴絲罥蝶，暖蜜酣蜂，重簾卷春寂寂。雨萼
煙梢，壓闌干、花雨染衣紅溼。金鞍誤約，
空極目、天涯草色。閬苑玉簫人去後，惟有
鶯知得。

餘寒猶掩翠户，梁燕乍歸，芳信未端的。淺
薄東風，莫因循、輕把杏鈿狼籍。塵侵錦瑟。
殘日綠窗春夢窄。睡起折花無意緒，斜倚秋
千立。

在晴朗的天氣中,彩蝶紛飛,卻往往為遊絲所纏繞。天氣和暖,蜜蜂繁忙陶醉,為釀蜜而採花。重重簾幕雖然捲起,但覺得春天依然是寂靜的。春雨灑在花萼上,煙霧鎖住樹梢。百花飄落如雨下,低壓着欄杆;也把我的被春雨沾濕的衣服染紅了。我的寶馬——帶着金飾馬鞍的寶馬,因行得慢了,以致耽誤了約定的時間。我極目而望,只見到一片草色遠延至天邊!住在閬苑(仙人之居)的玉簫姑娘,自從她離去之後,就只有黃鶯知道她的近況了。

餘寒猶在,我依然掩蔽着翠色的門戶。梁間燕子忽然歸來了,可是還沒有帶來玉人的書信。淺薄無知的東風啊,不要循舊不改,輕易地將如金鈿一般名貴的杏花弄致零落遍地呢!我無意於娛樂了,以致塵埃侵蓋着我美麗的琴瑟。紅日將殘了,在綠窗之下,我仍在睡覺,可惜夢境不寬,因心情不暢快啊。醒來之後,我毫無意緒,隨意地將花朵折下,傾斜地倚憑着鞦韆站立着。

繡鸞鳳花犯

水仙花

楚江湄，湘娥乍見，無言灑清淚。澹然春意。
空獨倚東風，緘恨誰寄。凌波露冷秋無際。
香雲隨步起。慢記得、漢宮仙掌，亭亭明
月底。

冰絃寫怨更多情，騷人句、枉賦芳蘭幽芷。
愁思遠，誰歎賞、國香風味。相將共、歲寒
伴侶，小窗淨、沈煙熏翠被。清夢覺、搔頭
碎玉，一枝鐙影裏。

語
譯

在楚江之岸邊，我忽然間見到湘娥 —— 水仙花。她默默無言，卻灑下清澈的淚水。春意油然而生，但卻是輕淡淡的。她徒然在東風之中倚憑着，而她藏在心裏的怨恨可以向誰表白呢？她好像在冷露之中，從無邊無際的秋郊，踏着微波姍姍而來到這裏。她步行的時候，發出香氣的雲朵便隨着興起。我不經意地記起，漢宮內金銅仙人舒手捧着的承露盤，它在明月之下，亭亭聳立着。眼前水仙花的模樣不正是如此嗎？

如冰樣的弦線（琴弦）便於抒發幽思，所表達的情懷就更多了。騷人墨客所賦詠芳蘭幽芷的詩句，是枉費心機的呢！我的愁思飄拂到很遠的地方。誰人讚歎和賞識有「國香」之稱的水仙花的風采和韻味呢？我即將與它成為歲寒的伴侶了。在明淨小窗之下，我以沉香之煙去熏香我翠綠色的衾被。當我從孤清的夢醒來之時，在燈影之中，我以一枝美如碎玉的水仙花去搔頭呢！

水龍吟

白蓮

素鸞飛下青冥，舞衣半惹涼雲碎。藍田種玉，
綠房迎曉，一奩秋意。擎露盤深，憶君清夜，
暗傾鉛水。想鴛鴦、正結梨雲好夢，西風冷、
還驚起。

應是飛瓊仙會。倚涼飆、碧簪斜墜。輕妝鬥
白，明璫照影，紅衣羞避。霽月三更，粉雲
千點，靜香十里。聽湘絃奏徹，冰綃偷翦，
聚相思淚。

乘着白鸞的仙女從青天飛下來，她舞衣蹁躚，引致一半的寒雲也破碎了！白蓮美得如藍田所種的玉一般。她的花蕾迎着天曉而開，映照在奩鏡上，露出一片秋意。如仙人的掌上承露盤的荷葉，承滿了的露水傾瀉下來了，重得如鉛水一般呢！這正如當她在晚上思念她的情郎之時而流下來的淚水一般！我想到，當一對鴛鴦正在一起酣睡，作梨雲好夢之際，被寒冷的秋風吹襲而驚醒的情況。

這應該是飛瓊她們一班傳說中的仙子聚會之時啊！她們在寒冷狂風之中倚立着，頭上的碧玉簪也因而被吹到傾斜而下墜了！她們打扮得輕盈淡雅，爭芳鬥艷；也佩戴着明珠串成的首飾，顧影自憐。她們太美了，連穿上紅衣的蓮花也自覺羞愧而避開呢！三更半夜之時，一輪朗月，照着如白雲一般的蓮花，千點萬點，散發出的暗香傳至十里那麼遠。聽啊！湘娥的彈奏已經結束了。她偷偷地剪碎身上潔白細薄的絲絹，但卻沒有灑淚，只是將相思之淚在眼眶裏凝聚起來呢！

宴清都

雪川圖

老去閒情嬾。東風外、霏霏花絮零亂。輕鷗
漲綠，嘶鴂暗碧，一春過半。尋芳已是來遲，
怕迤邐、年華暗換。應悵恨、白雪歌空，秋
霜鬢冷誰管。

憑闌自笑清狂，事隨花謝，愁與春遠。持杯
顧曲，登樓賦筆，杜郎才淺。前歡已隔殘照，
但耿耿、臨高望眼。遡流紅、一櫂歸時，半
蟾弄晚。

年紀老了，我需要的是閒情，故此越來越懶散了。外邊東風吹拂，花絮飛舞，凌亂得很。輕快的海鷗在上漲的綠波飛過，啼叫的杜鵑棲宿在深暗碧綠的樹叢中。春天便如此的過了一半！找尋美麗的花草，已經是遲來的了；我更怕的是，如此因循下去，寶貴的光陰便會不知不覺地轉換呢！當唐代詩人岑參描寫西域八月飛雪的作品《白雪歌》彈奏完畢之後，我應該感到惆悵和怨恨。現時我的被人冷落的鬢髮已如秋霜般灰白了，但誰人會理會呢？

我倚憑着欄杆，笑自己是個清狂之士。往事已隨花凋謝，哀愁亦隨春天遠去。我握着酒杯，欣賞歌唱；又登上高樓，如東漢末年文學家王粲般賦詩，可惜我這個如唐代杜牧的詩人，才華已經沒有多少了。舊日的歡愉事已經成為過去，好似隔着夕陽殘照一般。但是，我仍耿耿於懷，不時登高遠望，緬懷昔日。我順着流水中的紅花歸去，當我的小舟回到家時，新月已經在晚間升起了。

十五 | 齊天樂

（余自入冬多病，吟事盡廢，小窗澹月，忽對橫枝，恍然空谷之見宓人也。泚筆賦情，不復作少年丹白想，或者以九方皋求我，則庶幾焉。）

東風又入江南岸，年年漢宮春早。寶屑無痕，生香有韻，消得何郎花惱。孤山夢遠。記路隔金沙，那回曾到。夜月相思，翠尊誰共飲清醥。

天寒空念贈遠，水邊憑為問，春到多少。竹外凝情，牆陰照影，誰見嫣然一笑。吟香未了。怕玉管西樓，一聲霜曉。花自多情，看花人自老。

東風又吹入江南岸了！年年春天，梅早就到了漢宮。它的花如寶屑一般，毫無瑕疵；它的生長，很有韻致，就算南朝梁文學家何遜對梅花生氣也不行呢！孤山滿種梅花，我做夢也縈繞着它們。我仍記得，到孤山之路雖有金沙井阻隔，但那一次我真的曾經到過。夜月之時，忍受着相思之苦，我拿起翠玉造的酒杯，但可與誰人共飲清酒呢？

天氣寒冷，我想到，應該折梅寄給遠方的朋友，但這是沒有用的。我身在水邊，可以向誰詢問，春天究竟來了多久？她在竹外將情思凝結在心裏，又在門牆的陰暗處顧影自憐。誰人曾見過她嫣然一笑呢？我對着梅花吟詩還未完畢，可是，我怕的是，有人在西樓吹玉笛，一直吹到霜天破曉！梅花自然多情，而看梅花的人也自自然然步入老境了。

齊天樂

蟬

槐陰忽送清商怨，依稀乍聞還歇。故苑愁深，
危絃調苦，前夢蛻痕枯葉。傷情念別。是幾
度斜陽，幾回殘月。轉眼西風，一襟幽恨向
誰説。

輕鬟猶記動影，翠奩應怪我，雙鬢如雪。枝
冷頻移，葉疏猶抱，空負好秋時節。淒淒切
切。漸迤邐黃昏，砌蛩相接。露洗餘悲，暮
寒聲更咽。

槐樹的陰暗處，隱隱約約，忽然送來了一陣如盛行於南朝的《清商曲》一般的哀怨之聲。我驟然聽聞，但它又停止了。它如緩弦上奏出的悲涼苦聲，正在訴說故苑的深愁。舊事如夢，此際枯葉上只剩下蟬蛻的痕跡而已。念到別離的事情，是很傷感的。但已經過了不少時候，斜陽和殘月已變換多少次了！轉眼間西風又到，蟬滿懷的幽恨不知應該向誰申說呢？

我仍記得牠的鬟鬢輕輕搖動時的美態。以翠玉製成的奩鏡，此時應該怪責我，因為它見到我的雙鬢已如雪一般的白了。牠棲身的樹枝一天比一天寒冷，牠惟有頻頻地移動牠的身體。樹葉也一天比一天疏落了，但牠仍然抱住它們不放手。牠這樣便不得已辜負了美好的秋天呢！牠的哀叫聲，淒淒切切啊！如此不斷地延續，漸漸地到了黃昏，最後便與階石間的吟蛩叫聲相接起來。雖然露水逐漸地將牠的餘悲洗去，可是到了晚間寒冷之時，牠的聲音便越來越悲咽了。

憶舊游

（次箕房韻，有懷東園。）

記花陰映燭，柳影飛梭，庭戶東風。彩筆爭
春豔，任香迷舞袖，醉擁歌叢。畫簾靜掩芳
晝，雲翦玉玲瓏。奈恨絕冰絃，塵侵翠譜，
別鳳離鴻。

鶯籠。怨春遠，但翠冷閒階，墜粉飄紅。事
逐華年換，歎水流花謝，燕去樓空。繡鴛暗
老薇逕，殘夢遠雕櫳。恨寶瑟無聲，愁痕沁
碧江上峯。

我記得，昔日在花叢的陰暗處燃點蠟燭賞花的日子。那時黃鶯在垂柳間飛舞，東風吹進了庭戶。我們拿着彩筆賦詩，有意與春天的美景爭妍鬥麗。我們任由花香迷困着身穿舞衣的女士，也讓自己飲酒至醉，在歌者的人叢中互相擁抱。畫簾靜靜地垂下來，把美麗的白晝掩蔽住，我們欣賞眼前如彩雲般裁剪成的美草嬌花。無奈我的怨恨已隨着精美如冰的琴弦斷絕了，塵埃亦已封蓋着我的翠綠色的樂譜。朋友也如離別的鳳和鴻一般，不在一起了。

鸚鵡怨恨春天已經遠去，只剩下白色和紅色的落花飄墜在一片淒冷的綠草和閒置的石階之上。事情已隨着光陰的消逝而變換了，我慨歎水不斷地流去，花繼續地凋謝。燕子已飛走了，只剩下空無一人的樓臺而已！在采薇之路徑上美麗的鴛鴦不知不覺地衰老了，而我的殘夢只好縈繞着有雕飾的窗牖。我不能再彈奏寶瑟了，多惆悵啊！我的愁緒慢慢地沁出來，滿佈着江上的青峯！

瓊花

珠鈿寶玦。天上飛瓊，比人間春別。江南江
北，曾未見、慢擬梨雲梅雪。淮山春晚，問
誰識芳心高潔。消幾番花落花開，老了玉關
豪傑。

金壺翦送瓊枝，看一騎紅塵，香度瑤闕。韶
華正好，應自喜、初識長安蜂蜨。杜郎老矣，
想舊事、花須能說。記少年、一夢揚州，
二十四橋明月。

這是鑲嵌着珍珠的首飾或珍貴的玉佩啊！她又可能是古代民間傳說中的天上仙女許飛瓊下凡呢！要我離開她，這比人間與春天告別更加難受呢！我走遍江南江北，還未見過如此潔白的瓊花——潔白得如白雲的梨花或如白雪的梅花。淮山（揚州）的春天差不多殘盡了。試問還有誰人認識她的美麗內心是高潔的呢？她多少次花落花開啊！就這樣將她這個生長在外如玉門關那麼遙遠的名花送入老境了。她可以消受得住嗎？

她的形狀如金壺——計時器般美麗。人們把這樣一枝瓊花剪下來，把她送到遠方。看啊，帥臣騎着馬匹，在紅塵中奔跑，把滿帶香氣的她送到華美的宮殿。這正是她美好的時光啊！她應該滿心歡喜，因為這是她第一次認識京都長安的蜂和蝶的時候。我這個如唐代杜牧的詩人已經衰老了，但我料想，對於以前發生過的事情，瓊花一定能夠細說的。我記得，少年時，如做夢一般曾到過揚州，當時給我印象最深刻的是，明月映照下的二十四橋的景致呢！

十九　曲游春

（禁煙湖上薄游，施中山賦詞甚佳，因次其韻。蓋平時游舫，午後則盡入裏湖，抵暮始出，斷橋小駐而歸，非習于游者不知也。故中山極擊節余「閒卻半湖春色」之句，謂能道人之所未云。）

禁苑東風外，颺暖絲晴絮，春思如織。燕約鶯期，惱芳情，偏在翠深紅隙。漠漠香塵隔。沸十里亂絲叢笛。看畫船盡入西泠，閒卻半湖春色。

柳陌新煙凝碧。映簾底宮眉，隄上游勒。輕暝籠寒，怕梨雲夢冷，杏香愁冪。歌管醟寒食。奈蜨怨、良宵岑寂。正滿湖碎月搖花，怎生去得。

在禁宮苑囿之外，遊絲和落絮在暖和晴朗的天氣中飄蕩着。這惹起我不少春思 —— 如布帛的絲線那麼多啊！與燕子的約會和與黃鶯的佳期，目的在表白彼此的情愫，只能夠在翠叢的深處或紅花的隱蔽處發生。這使我多苦惱啊！我們總覺得如被廣漠而染滿了香氣的塵土隔阻着一樣！我們走了十里路那麼遙遠，一路滿是亂飄的遊絲和聽見從樹叢中傳出來的笛聲。看啊，我們乘着的畫船一直撐到西泠的盡頭，這樣令到半個西湖都清閒了，沒有人遊覽了。

新煙凝結在滿種柳樹的小路上，呈現一片碧綠色。它映照在簾幕下畫着宮樣眉的女子，和堤岸上騎着馬匹的遊人的身上。黑夜輕輕地降臨了，一陣寒氣襲人！我恐怕，如雲一般白的梨花在睡夢中感受寒冷，杏花的香氣被哀愁覆蓋着。寒食節之時，到處聽見歌唱和管弦之聲，如酬答時節的來臨。無奈蝴蝶在此時心裏怨恨不已，整夜沒有一點聲音，寂靜得很。此際正是月光照在整個湖面上的時候，但是由於花草搖動不已，以致月影破碎為千百片。面對如此美麗的景色，我又怎捨得離去呢？

秋霽

（乙丑秋晚，同盟載酒為水月游，商令初肅，霜風戒寒。撫人事之飄零，感歲華之搖落，不能不以之興懷，酒闌日暮，憮然成章。）

重到西泠，記芳園載酒，畫舸橫笛。水曲芙蓉，渚邊鷗鷺，依依似曾相識。年華易失。斷橋幾換垂楊色。漫自惜。愁損庾郎，霜點鬢華白。

殘螢露草，怨蛬寒花，轉眼西風，又成陳迹。歎如今才消量減，尊前孤負醉吟筆。欲寄遠情秋水隔。舊游空在，憑高望極斜陽，亂山浮紫，暮雲凝碧。

我又一次到訪西泠了。我記得,在那處的美麗花園飲酒,又乘坐畫船吹笛。那裏的水流曲折處長滿着荷花,小洲的岸邊棲宿着鷗鷺。這些景物都似是曾經相識的,我很依戀呢!光陰是容易失去的,那處的斷橋已經多次變換垂楊的景致了。我不經意地覺得可惜呢!哀愁使到我好像南北朝的文學家庾信一樣減損消瘦了,我的鬢髮也變得如霜點染一般的白了。

在沾滿了露水的野草間我聽到將殘的吟蛩聲,又在寒冷的花叢中我看見哀怨的蝴蝶。轉眼間西風又吹過,一切都變成陳跡了!我慨歎,現時的我才華已經消失,酒量亦已減退,以致就算飲酒至醉也辜負了我的詩筆,不能寫詩了。我想將我的情思寄給遠方的朋友,可是卻為秋水阻隔,不能成事呢!舊時的遊歷雖然發生過,又有甚麼用呢?我憑倚在高處,極目而望,只看見在斜陽之中,凌亂的山巒浮現出一片紫色的霞氣,而入暮的雲層凝結成片片碧綠之色而已。

一萼紅

登蓬萊閣有感

步深幽。正雲黃天澹，雪意未全休。鑑曲寒沙，茂林煙草，俛仰千古悠悠。歲華晚，漂零漸遠，誰念我、同載五湖舟。磴古松斜，厓陰苔老，一片清愁。

回首天涯歸夢，幾魂飛西浦，淚灑東州。故國山川，故園心眼，還似王粲登樓。最負他秦鬟妝鏡，好江山何事此時游。為喚狂吟老監，共賦銷憂。

（閣在紹興，西浦、東州皆其地。）

我在深暗幽隱之處漫步。這正是黃雲佈滿天空和雪意仍未完全休止的時候。鑑湖一帶為寒沙所環繞，茂密的樹林為荒煙蔓草所覆蓋。我深感，於俯仰之間，千古的時光便變得很渺遠了！一年的光陰已差不多完盡了，而我到處飄零，越去越遠，此際誰人會想念我，一同與我泛舟於五湖呢？石級已變得古舊了，松樹亦已生到傾斜了；山崖已綠樹成蔭，苔蘚亦已蒼老。我心中泛起了一片無可名狀的哀愁呢！

這個時候，我遠在天邊啊！我回首過去，連做夢也想着重返故鄉。我的魂魄幾乎飛回西浦，引致我的淚水灑落在東州呢！我懷念故國的山川，我的內心牽掛着故鄉。此時的心情真似東漢末年文學家王粲登樓的心境一樣！面對着秦望山，它的鬟髻多漂亮啊！面臨鏡湖，它的妝扮多美好啊！這樣美麗的山光水色，為甚麼偏偏要在這個時候去遊覽呢？這不是最辜負它們嗎？因此，我喚起有「四明狂客」和「秘書外監」之稱的唐代詩人賀知章共同賦詩，去消解我倆內心的憂愁呢！

大聖樂

東園餞春

嬌綠迷雲，倦紅顰曉，嫩晴芳樹。漸午陰、
簷影移香，燕語夢回，千點碧桃吹雨。冷落
錦宮人歸後，記前度、蘭橈停翠浦。憑闌久，
慢凝想鳳翹，慵聽金縷。

留春問誰最苦。奈花自無言鶯自語。對畫樓
殘照，東風吹遠，天涯何許。怕折露條愁輕
別，更煙暝、長亭嗁杜宇。垂楊晚，但羅襟、
暗沾飛絮。

嬌豔的綠叢連天上的浮雲也被迷住了；疲倦的紅花，當天破曉之際，顰皺着眉頭，不願意醒來呢！所有美麗的樹木都沐浴在薄晴之中。漸漸到了下午，景色開始陰暗了，香花的影子在屋檐上慢慢移動；燕子也從夢中醒過來，吱吱喳喳地叫。一陣涼風吹過，千萬點的碧桃落花如雨般灑下來。自從被冷落的華貴女子歸去之後，我記得前次木蘭舟停在翠綠色春水旁邊的情況。倚憑着欄杆有一段頗長的時間了，我不經意地凝神想念戴着鳳翹首飾的女子。這時，連《金縷曲》我也懶得去聽了。

把春光留下來雖然好，但試問，這樣一來，誰人最苦呢？花只是默默無言，而黃鶯也只能自言自語，這是很無奈的！我面對着在夕陽殘照之中的畫樓，而東風卻吹到很遠的地方。天邊根本上在那裏呢？我怕的是，要折斷沾滿露水的柳條送給朋友，和帶着哀愁與他輕易地話別的情境。更何況，當晚煙冒起，黑夜來臨和杜鵑在長亭哀啼之際呢！夜色侵臨到垂楊了，我們的羅衣只有暗暗地沾惹了飛落的花絮而已！

附錄

戈載「跋語」（節錄）

「……草窗博聞多識，著述宏富，《癸辛雜識》、《齊東野語》之外，又有《浩然齋雅談》。下卷詞話，持論精確。所輯《絕妙好詞》，採掇菁華，無非雅音正軌。故其詞盡洗靡曼，獨標清麗，有韶倩之色，有綿渺之思，與夢窗旨趣相侔，二窗並稱，允矣無忝。其於律，亦極嚴謹，蓋交游甚廣，深得切劘之益。如集中所稱霞翁，乃楊守齋也。……又有寄閒者，即張斗南，名樞、號雲窗，玉田之父，嘗度依聲集百闋，玉田《詞源》稱其曉暢音律；有《寄閒詞》，旁綴音譜。每作一詞，必令歌者按之，稍有不協，隨即改正，故無落腔之病。草窗與此二公，暨夢窗、王碧山、陳西麓、施梅川、李篔房輩相與講明，而切究之宜，其律之無不諧矣。學問之道，相得益彰，友顧可不重乎！惟用韻則遜于夢窗，是其疏忽處。予此選，律乖韻雜者，不敢濫收。如

《木蘭花慢》西湖十景，洵為佳構，大勝于
張成子《應天長》十闋，惜有四首混韻，
故僅登六首。其小序有云：『詞不難于作，
而難于改；不難于工，而難于協。』旨哉
是言，可與知者道，難與俗人言爾。」

碧山詞

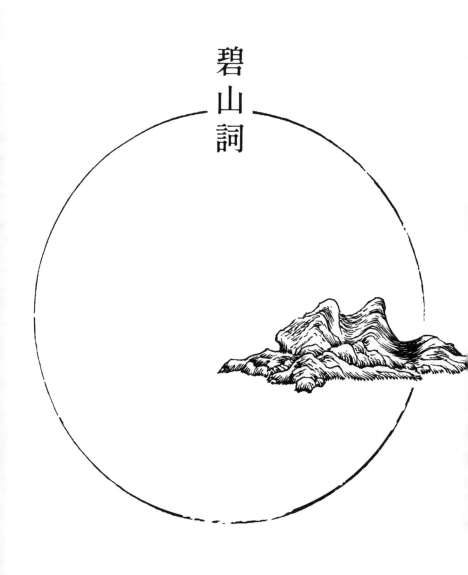

八六子

洗芳林。幾番風雨，恩恩老盡春禽。漸薄潤、
侵衣不斷，嫩涼隨扇初生，晚窗自吟。

沈沈。幽逕芳尋。晻靄苔香簾靜，蕭疏竹影
庭深。慢儋卻蛾眉、晨妝慵掃，寶釵蟲散，
繡衾鸞破，當時暗水和雲泛酒，空山留月聽
琴。料如今，門前數重翠陰。

語
譯

經過多少次的風風雨雨，美好的園林被掃落殆盡了！時間匆匆的過去，春禽已變得衰老，甚至死亡呢！輕淺的濕潤天氣漸漸地不斷侵襲我的衣服。我搖着扇子，微微的涼風開始產生。靠近晚窗，我獨自低吟。

黑夜沉沉啊！我沿着清幽的路徑，尋覓芳蹤。那處陰暗的苔蘚透出了香氣，而簾幕寂靜得很；蕭疏竹影的深暗處現出一座庭院。我看見她不經意地將蛾眉畫得淺淡，晨妝亦懶得去打扮，寶釵上的玉蟲形的首飾又不整齊；錦繡衾被上的鶯鳥花紋也殘殘破破呢！記得當日與她在天空雲彩之下靜靜地享受曲水流觴之樂，又在空山之中邀請明月留下聽我彈琴的雅事。料想現時，她的門前只剩下數重翠綠色的樹蔭而已！

二 ｜ 法曲獻仙音

（聚景亭梅，次草窗韻。）

層綠峨峨，纖瓊皎皎，倒壓波痕清淺。過眼年華，動人幽意，相逢幾番春換。記喚酒，尋芳處，盈盈褪妝晚。

已悲惋。況淒涼、近來離思，應忘卻、明月夜深歸輦。荏苒一枝春，恨東風、人似天遠。縱有殘花，灑征衣、鉛淚都滿。但殷勤折取，自遣一襟幽怨。

綠梅高聳，層層疊疊，纖細的玉枝相當皎潔。它
們的倒映，緊壓着清淺的水波。時間轉眼便過去
了，這觸動起我藏在心裏的情意。與它相逢的時
候，春天已轉換過不少次了！記起呼喚飲酒之事
和找尋芳香之處。它在晚間卸妝之後，仍然是很
嬌美的。

這樣，已夠悲哀惋歎了！何況，近來的離情別緒
又那麼淒涼呢！這就應該忘卻再於月明之時、深
夜之際乘車歸去的舉動了。這一枝春梅是多麼柔
弱啊！我惱恨東風來臨的時候，我已離開如天般
遙遠了！縱使有殘花作伴，我的如鉛般重的淚水
已灑滿了我的征衣呢！惟有努力地折取一枝，孤
獨地排遣一腔幽隱的怨恨而已。

綠陰

小庭蔭碧，遇驟雨疏風，膩紅如埽。翠交逕
小，問攀條弄藥，有誰重到。慢說青青，
比似花時更好。怎知道，自一別漢南，遺恨
多少。

清晝人悄悄。任密護簾寒，暗迷窗曉。舊盟
誤了，又新枝嫩子，總隨春老。漸隔相思，
極目長亭路杳。攪懷抱，聽蒙茸、數聲嗁鳥。

小小的庭院為樹蔭所罩，一片碧綠。遇到了驟雨和疏風之後，所剩下來的紅花好像被拂掃過一般，不留多少了！翠綠色的枝葉互相交加而生，引致路徑都變得狹小了。試問有誰重到這裏，攀折枝條和把玩花朵呢？我輕慢地說，青青綠綠的景象似比紅花遍開的時候更加好看！怎會知道，自從一別荊州之後，遺下來的恨事真是不少呢！

大清早的時候，人們還沒有多少活動，周圍是靜悄悄的。任由綠蔭密茂地擁護着寒冷的簾幕，和幽靜地困迷着天曉之窗吧！我耽誤了舊日的盟約啊！新生的樹枝和幼嫩的果實又出現了。但它們總會隨着春天的消逝而老去的。我對她的深切思念漸漸地隔得愈來愈遠了。我在長亭極目而望，覺得路途很遙遠啊！在草木叢生之中，我聽到幾陣啼鳥之聲，牠們多挑動我的情緒呢！

龍涎香

孤嶠蟠煙，層濤蛻月，驪宮夜采鉛水。訊遠
槎風，夢深薇露，化作斷魂心字。紅甆候火，
還乍識、冰環玉指。一縷縈簾翠影，依稀海
天雲氣。

幾回嬌半醉。剪春鐙、夜寒花碎。更好故
谿飛雪，小窗深閉。荀令如今頓老，總忘卻、
尊前舊風味。漫惜餘熏，空篝素被。

煙霧蟠蜿着孤獨而高峻的山峯，月亮從層層疊疊的海濤湧現出來。人們晚上遠赴兇猛的黑色驪龍之宮，目的是要探取形狀如鉛水般的龍涎香。乘着木筏，趁着風勢，隨着潮漲，他們去到很遠的地方。將龍涎香和飄忽得如深夢般的薔薇花露一起研和，製造出令人嗅了會魂斷的爐香 —— 心字香。把龍涎香放進紅色的瓷盒，讓它獲得恰到好處的火候，之後，如冰造的環珮和玉製的戒指形狀的香塊便會忽然出現在眼前！焚燒龍涎香之時，一縷縷翠綠色的輕煙，如影子般縈繞着簾幕，彷彿如海面上和天空中的雲氣。

多少次啊，被如美女般的龍涎香所迷困，令我半癡半醉！在夜寒之際，我將春燈芯剪短，燈花碎裂灑落，可愛極了。更美妙的是，在故溪之上，大雪紛飛之時，我在屋裏緊閉小窗。我雖如東漢時的美男子荀令般喜愛薰香，但而今已忽然變得衰老了，完全忘卻了往日飲酒時坐處常留三日香的作風和興味。用來薰素被的龍涎香早已燒盡了，只剩下空籠，我也只能輕輕地珍惜殘餘的香氣而已。

五 長亭怨慢

重過中庵故園

泛孤艇、東皋過徧。尚記當時，綠陰庭院。
屐齒莓階，酒痕羅袖事何限。欲尋前迹，
空惆悵、成秋苑。自約賞花人，別後總風流
雲散。

水遠。問水流何處，卻是亂山尤遠。天涯夢
短，想忘了、綺疏吟伴。望不盡、冉冉斜陽，
撫喬木、年華將晚。但數點紅英，猶識西園
悽惋。

獨自泛舟，我遊遍東邊的水澤！我尚且記得，當日綠色的樹蔭和那關掩着的門戶。那時，長滿莓苔的石階上印有木屐之齒的痕跡。羅袖上染滿酒痕的雅事多得很了，哪有限量呢！我意欲找尋昔日的痕跡，但都已成為秋苑裏的落花一樣了！這令我頗為惆悵，但又如何呢？自從相約友人共同賞花之後，我們便分別了，一切都如風的流逝和雲的消散！

水很遙遠啊！怎知道流水之外，亂山更加遙遠呢！我浪跡天涯，就算作夢也只是短暫而已。料想在夢中早已忘記了那些刻有綺文的窗格和吟詩的伴侶呢！眼前是一大片柔弱的斜陽，望也望不盡啊！我撫着高大的樹木，察覺到自己的年華已近末尾了！只有數點紅花，仍然了解我在西園內所感覺到的悽惋呢！

榴花

玉局歌殘，金陵句絕，年年負卻薰風。西鄰
窈窕，獨憐入戶飛紅。前度綠陰載酒，枝頭
色比舞裙同。何須擬，蠟珠作蒂，緗彩成叢。

誰在舊家殿閣，自玉真仙去，埽地春空。朱
旛護取，如今應誤花工。顛倒絳英滿逕，
想無車馬到山中。西風後、尚餘數點，還勝
春濃。

語
譯

在宋代當過玉局觀提舉的蘇軾曾經寫過《賀新郎》詞詠梅花，可是到了現在這首歌已經無人唱了！晚年居金陵的宋代大詩人王安石亦曾經寫過詠石榴一詩，但此刻這些詩句已經絕響了！這樣，年復一年，都辜負了和暖之風呢！種在西鄰的石榴樹長得很美好啊，我特別喜歡它的紅花飛入我的門戶。前陣子坐在石榴樹綠蔭之下飲酒，我發覺樹梢 —— 榴花的顏色好比舞裙一般紅呢！這又何須用蠟珠之類的寶石摹擬作根蒂，和用緗錦之一的緗綵造成一堆一堆的花叢呢？

現在誰人在舊時的宮殿和樓閣啊？自從種過石榴的唐代楊貴妃仙逝之後，榴花早已萎地，不留一點春色了！往日曾經有過，榴花是需要用以日月五星作圖案的朱旛去保護，纔得以生存的事的，如今榴花可以不再靠這些東西了。這情況一定被人誤會，認為是造化之工呢！凋落的紅花顛倒凌亂，鋪滿山徑。這也無所謂了，因為料想這個時候，大概已沒有車馬往山裏去呢！西風吹過之後，仍然剩下數點紅花，這比春深之時更加優勝，更加好看呢！

雪意

陰積龍荒，寒度雁門，西北高樓獨倚。恨短景無多，亂山如此。欲喚飛瓊起舞，怕攪碎、紛紛銀河水。凍雲一片，藏花護玉，未教輕墜。

清致。悄無似。有照水南枝，已攬春意。誤幾度憑闌，莫愁凝睇。應是梨花夢好，未肯放、東風來人世。待翠管、吹破蒼茫，看取玉壺天地。

陰霾積壓着龍沙荒漠之地，寒氣又度過雁門山了。我獨自在西北的高樓上憑欄。眼前的亂山是這般景象，我覺得短暫的美景無多了，頗為惘悵！心想喚起仙女飛瓊起舞，但又怕把繽紛的如銀河之水——銀浦攪碎凌亂了！空中凝結着凍雲一片，埋藏着和保護着如花似玉的白雪，不讓它輕易地墮下來。

清幽雅致啊！靜得無與倫比呢！有映照水面的南方的一枝梅花，已開始參預春天的來意了。天公耽誤了我好幾次，憑着欄杆凝視天空，盼望瑞雪降臨，一如古代的佳人莫愁所為。天公應該睡得很濃啊！沉迷在他的梨花美夢之中，未肯遣放東風到來人世間。讓我以翠玉製成的笛子，將曠遠迷茫之空間吹破，看看如玉壺般淨明潔白的天地！

八 | 高陽臺

（和周草窗，寄越中諸友韻。）

殘雪庭陰，輕寒簾影，霏霏玉管春葭。小帖
金泥，不知春在誰家。相思一夜窗前夢，奈
箇人、水隔雲遮。但淒然、滿樹幽香，滿地
橫斜。

江南自是離愁苦，況游驄古道，歸雁平沙。
怎得銀牋，殷勤與說年華。如今處處生芳草，
縱憑高、不見天涯。更消他，幾度東風，幾
度飛花。

語

譯

殘雪剩留在庭院的背後，輕寒從簾外侵進來。玉
製律管裏的葭蘆灰，因春天的氣至，如雲飛般吹
動了！我以泥金書寫小型的春帖子。不知道春
色已落在誰家呢？晚上我為他相思而作夢，夢境
中他來到我的窗前。奈何這個人實際上離開我
很遠，隔了一片大水，也被雲所遮蔽呢！淒涼滿
懷，我只好嗅嗅滿樹的幽淡花香和欣賞滿地的橫
斜疏影而已！

離別江南自然是愁苦的！何況騎着毛色青白之花
馬在古道上獨自行走，又看見歸來的雁影降落在
平闊的沙洲？我如何能夠得到銀色的信箋，委曲
詳盡地將年內發生過的事情告訴他呢？如今處處
都生滿了茂盛的野草，縱使我憑在高處也看不見
天邊了！更如何忍受得多少次東風和多少次飛
花呢？

落葉

曉霜初著青林，望中故國淒涼早。蕭蕭漸積，
紛紛猶墜，門荒逕悄。渭水風生，洞庭波起，
幾番秋杪。想重崖半沒，千峯盡出，山中路、
無人到。

前度題紅杳杳，遡宮溝、暗流空遠。嘹螿未
歇，飛鴻欲過，此時懷抱。亂影翻窗，碎聲
敲砌，愁人多少。望吾廬甚處，只應今夜，
滿庭誰掃。

語譯

破曉的冷霜開始降落到青蔥的樹林了。在視線之內，故鄉遍是淒涼。這情況真是來得太早呢！落葉靜靜地漸漸堆積起來，但仍然是紛紛亂亂的不斷墜下。門前一片荒涼，路徑亦變得幽悄。風從渭水吹過來，水波從洞庭湖湧起。多少次秋天到了末尾呢！我料想，重重疊疊的山崖已一半被掩蓋了，而無數的山峯，同時盡量現出。但是這個時候，山中的路徑是沒有人到的。

昔日紅葉題詩的事已經遠離此際了，一切已歸沉寂。我追憶以前宮溝題紅的事，相信現在只剩得溝水默默地流動，徒然旋繞宮牆而已。寒蟬的叫聲未有停止，飛雁就快要來了。我此時的懷抱真是難以形容！凌亂的落葉影子在窗前翻動，落葉的破碎聲敲響了石階，這令到多少人發愁啊！我望望我的房子這邊，只見滿庭落葉，今晚應該誰來將它清理呢？

蟬

綠槐千樹西窗悄，厭厭晝眠驚起。飲露身輕，
吟風翅薄，半翦冰牋誰寄。淒涼倦耳。慢重
拂琴絲，怕尋冠珥。短夢深宮，向人猶自訴
顦顇。

殘虹收盡過雨，晚來頻斷續，都是秋意。病
葉難留，纖柯易老，空憶斜陽身世。窗明月
碎。甚已絕餘音，尚遺枯蛻。鬢影參差，斷
魂青鏡裏。

西窗裏靜悄無人，只見周圍種滿數以千計的綠色槐樹。她困倦地在白天睡覺，但突然驚起！她只靠飲露為生，所以身體輕清；又只對着清風吟唱，所以翅膀單薄。剪下了半頁潔白如冰的信箋，可是，她應該寄給誰人呢？她身世淒涼，令到她對生活覺得厭倦。她隨意地再次拂動琴弦，但害怕尋到名為「貂蟬冠」的冠珥，引致傷感。在深宮裏，她的夢是短暫的，但仍然向別人獨自申訴她為何憔悴的原因。

殘餘的天虹完全消失了，一陣雨點飄來。夜晚降臨了，外面的聲響斷斷續續，頻頻入耳，給人感到全是秋意。有病的樹葉是很難留下來的，纖弱的樹枝又很容易衰老，她想起了自己如斜陽般的身世。但，這是無補於事的。紗窗雖然如常的明亮，但月亮早已破碎殘盡了！更甚的是，她那殘餘的聲音已經斷絕了，只遺下枯萎的蛻殼。她的鬢髮凌亂不整。她的魂已斷，以前在青鏡裏面出現的容貌現在已經不再存在了！

花犯

苔梅

古蟬娟，蒼鬟素靨，盈盈瞰流水。斷魂十里。
歎紺縷飄零，難繫離思。故山歲晚誰堪寄，
琅玕聊自倚。漫記我、綠蓑衝雪，孤舟寒
浪裏。

三花兩花破蒙茸，依依似有恨、明珠輕委。
雲臥穩，藍衣正，護春顦頷。羅浮夢、半蟾
掛曉，么鳳冷、山中人乍起。又喚取、玉奴
歸去，餘香空翠被。

古雅而美好的人兒啊！她梳着蒼翠的鬢髻，臉色純白，望着流水，樣子端莊可人。她慨歎如深青透紅的苔絲一般飄零，難以綁繫離別的情思。她傷心斷魂，一直向外延展，至十里那麼遙遠。年近歲晚，在故鄉的親友中，誰人值得我將梅花寄與呢？無聊地我獨自倚憑着竹竿而已。我不經意地記起，昔日披着綠色的蓑衣，冒着大雪，乘着孤舟，在寒冷的浪濤上趕路。

在雜亂的草叢中苔梅綻放了，三花兩花地展現出來。它的體態柔弱，心中似藏有怨恨之情，好比因輕率而委棄了心愛的明珠一般。它們像天空中的雲朵，穩穩的橫臥天際；又似穿着藍衣的古代隱士，正襟危坐。為了保護春天而大費氣力，以致形容憔悴。人們仍沉醉於羅浮香夢之際，天亮了，半邊月兒掛空。天氣那麼寒冷，向來用以借喻少女的么鳳都受不住了，於山中幽居的人似有所感，忽然起牀。他又一次的叫喚如梅花一般美的玉奴 ── 美女歸去，這樣，她的餘香只留在翠被中，但，又有何用呢？

慶春宮

水仙

明玉擎金，纖羅飄帶，為君起舞回雪。柔影
參差，幽芳零亂，翠瘦腰圍一捻。歲華相誤，
記前度、湘臯怨別。哀絃重聽，都是淒涼，
未須彈徹。

國香到此誰憐，煙冷沙昏，頓成愁絕。花惱
難禁，酒銷欲盡，門外冰澌初結。試招仙魄，
怕今夜、瑤簪凍折。攜盤獨出，空想咸陽，
故宮落月。

明淨的玉塊舉托着金盞，襯着纖窄而飄動的羅帶。它為你起舞啊——如雪片飛落回旋地起舞！它柔弱的倩影參差不齊，幽暗的香氣也凌亂飄忽。它擁有一把翠綠而消瘦的腰圍呢！我們大家已經耽誤了一段美好的時光了！我還記得，前次在湘水旁邊憂怨地話別的情形。現在我再次聽到哀傷的曲調，都是淒淒涼涼的。這樣，便無須把它彈完了。

這國色天香的花兒來到這裏，誰人會憐惜它呢？此地只有淒冷的煙靄和昏暗的沙洲。看到這般情況，它忽然覺得極為愁悶。花兒撩撥起我的感懷，很難禁止啊。我想藉着飲酒把它銷磨淨盡呢！此刻門外的江流正開始凍結成冰。我試圖把古代神話中的湘娥的仙魄招回來，為的是，恐怕今夜天氣寒冷，會凍折了她的瑤簪。我聯想到，唐代詩人李賀借漢代的金銅仙人辭別漢廷，攜着承露盤獨自走出宮門的舊事所作的一首詩。當時仙人想念着咸陽故宮落月的荒涼景象，但這些都是徒然而已！

綺羅香

屋角疏星，庭陰暗水，猶記藏鴉新樹。試折梨花，行入小闌深處。聽粉片、簌簌飄階，有人在、夜窗無語。料如今、門掩孤鐙，畫屏塵滿斷腸句。

佳期渾似逝水，還見梧桐幾葉，輕敲朱户。一片秋聲，應做兩邊愁緒。江路遠、歸雁無憑，寫繡牋、倩誰將去。漫無聊、猶掩芳尊，醉聽深夜雨。

語
譯

疏落的星星在屋角出現了，幽靜的溪水在庭院的背後慢流。我還記得，樹木發新葉的時候棲藏着不少烏鴉。為了試圖折取梨花，我步入小欄杆的盡處 —— 深幽的角落。我聽到如粉片的落花簌簌地飄落階上；又看見有人在晚間的窗前靜默無語。料想，此際她一定深掩門戶，獨對孤燈，在佈滿塵埃的畫屏題上了不少傷心的詩句。

美好的時光完全像流水般逝去，不再回來。我又見到幾片梧桐落葉輕輕地敲打我的朱紅色的門戶。眼前只有一片秋聲，但它卻實際上等於兩邊的愁緒呢！江水的路程很遠啊！沒有憑證確定鴻雁會歸來的，那麼就算我在美麗的信牋上寫好了給她的信，又可以請誰人為我送出去呢？我意態懶散，百般無聊，惟有不斷的盡飲美酒；醉倒之後，就臥聽深夜的雨聲好了！

南浦

春水

柳下碧鄰鄰，認麴塵乍生，清溜初滿。色嫩
染銀塘，東風細、參差縠紋如翦。別君南浦，
翠眉曾照波痕淺。再來漲綠迷舊處，添卻殘
紅幾片。

葡萄過雨新痕，正拍拍輕鷗，翩翩小燕。簾
影蘸樓陰，芳流去、應有淚珠流徧。滄浪一
舸，斷魂重唱蘋花怨。采香幽逕鴛鴦睡，誰
道湔裙人遠。

語

譯

柳蔭下一片碧綠清澈的春水。我發覺在水面上，如塵之菌忽然地滋生之時，清水開始盈滿了。它的顏色鮮嫩，把泛起片片銀光的池塘也染透了。東風細拂，水面皺紋開始遍佈，大大小小，參差不齊，如被剪刀剪出來一般。我想起與你話別南浦之時，在旁的女子畫着翠眉，曾低看着清淺的波紋。可是，如今再來的時候，綠水漲滿了，舊日的地方已失所在，找不到了，只看見新添的幾片紅色的落花而已！

一陣雨過，水面現出如葡萄醱醅的新痕。當此際，輕快的海鷗拍拍翅膀，嬌小的燕子也疾飛而過。簾幕的影子，陰陰森森，令到樓閣如浸在水中。美麗的春水流走了，裏面應藏有千點淚珠隨着它流逝呢！一葉孤舟，在青綠的水面移動，斷魂的人因看見兩岸的蘋花，又一次唱出哀怨的歌曲。在幽靜的采香徑中，一對鴛鴦正睡在一起。看見這般情景，誰人還會説，依隨舊風俗於正月在水邊洗裙以避災的美人兒，已遠離我們呢？

附錄

戈載「跋語」（節錄）

「王中仙，越人也。玉田稱其能文工詞，琢語
峭拔，有白石意度，特譜《瑣窗寒》詞弔之玉
笥山；又有《洞仙歌》題其詞集。玉田之于中
仙，可謂推獎之至矣。要其詞筆，洵是不凡。
予嘗謂，白石之詞，空前絕後，匪特無可比
肩，抑且無從入手，而能學之者，則惟中仙。
其詞運意高遠，吐韻妍和。其氣清，故無沾
滯之音；其筆超，故有宕往之趣，是真白石
之入室弟子也。」

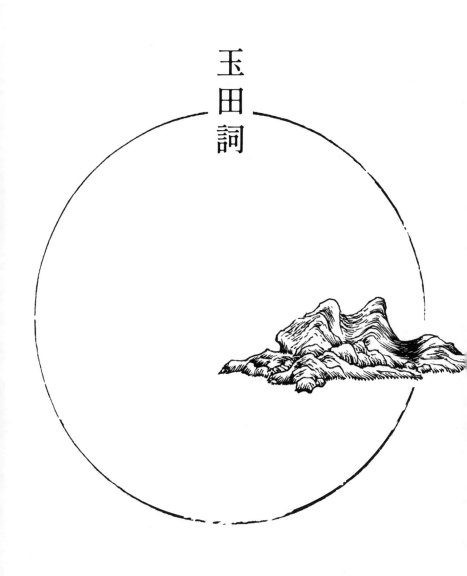

玉田詞

清平樂

候蛩淒斷。人語西風岸。

月落沙平江似練。望盡蘆花無雁。

暗教愁損蘭成。可憐夜夜關情。

只有一枝梧葉，不知多少秋聲。

語譯

蟋蟀之淒涼叫聲終斷了！我聽見西風從彼岸帶來了人語聲。月落之時，沙灘平滑，而江水如絹一般的潔白！我極目望去蘆花的盡頭處，但都看不見雁影！

這令到我如南北朝的詩人庾信一樣，暗地裏被哀愁所折磨了。真可憐啊，我的情懷夜夜都被牽動呢！雖然只有一枝長滿了葉兒的梧桐樹，但是卻不知道帶來了多少秋聲呢！

二 ｜ 朝中措

清明時節雨聲譁。潮擁渡頭沙。

翻被梨花冷看，人生苦戀天涯。

燕簾鶯户，雲窗霧閣，酒醒嗁鴉。

折得一枝楊柳，歸來插向誰家。

語
譯

清明時節，雨水特多，喧譁作響。潮水擁着渡頭
的沙灘。人生常常離鄉別井，作客天邊，卻苦苦
的在那裏留戀。這些行為反被梨花冷眼看待呢！

燕子穿過簾幕而來，黃鶯居住於户中。那裏有雲
鎖之窗和霧迷之閣。酒醒之時，又可以聽到鴉啼
之聲。環境多麼美好啊！我折得一枝楊柳，但歸
來之後，應該送給誰家插在門上呢？

樓上誰將玉笛吹。山前水闊暝雲低。

勞勞燕子人千里，落落梨花雨一枝。

修禊近，賣餳時。故鄉惟有夢相隨。

夜來折得江頭柳，不是蘇隄也皺眉。

樓上誰人將玉笛吹響呢？山的前面江水廣闊，而昏暗的雲層卻低壓着。人好似辛勞的燕子一般，遠在千里之外。一枝梨花在細雨之中，茂密地綻開。

修禊節（農曆三月三日）臨近了，這正是販賣名之為「餳」的糖漿的時候。說到故鄉，只有隨着做夢歸去而已！夜來之時，我折取得江頭一枝楊柳，就算現時不是在杭州西湖十景之一的蘇堤，我也皺起眉頭，覺得心不舒暢呢！

四　南樓令

風雨客殊鄉。梧桐傍小窗。甚秋聲、今夜
偏長。憶着舊時歌舞地，誰得似，牧之狂。

茉莉擁釵梁。雲窩一枕香。醉曾騰、多少
思量。明月半牀人睡覺，聽說道、夜深涼。

風風雨雨，我遠在他鄉作客。坐在小窗之下，我
有梧桐作伴。為甚麼今夜的秋聲偏偏是那麼漫長
呢？我回憶舊時曾經唱歌和跳舞的地方，試問誰
人好似唐代的詩人杜牧那麼清狂呢？

茉莉花擁抱着她頭上的釵飾。她的如雲的髮髻令
到枕頭也染上香氣了！她喝醉了，神志不清，還
有些兒思念着我嗎？她正在入睡，而明月只照着
半牀，多幽美啊！聽人家說，夜深的時候，天氣
會變涼的呢！

五 | 風入松

（陳文卿酒邊偶賦。）

小窗晴碧颭簾波，畫影舞飛梭。惜春休問花
多少，柳成陰、春已無多。金字初尋小扇，
鉢衣早試輕羅。

園林未肯受清和。人醉牡丹坡。囀歌且盡平
生事，問東風、畢竟如何。燕子尋常巷陌，
酒邊莫唱《西河》。

在晴朗天氣中，碧綠小窗前，竹簾被風吹動得如波紋一般。白晝的時光，如織梭飛動，流逝得很迅速。如果你是愛惜春光的話，就不要問花還有多少了。既然柳樹已成蔭，春光一定已經無多呢！這是開始找尋寫上金字小扇的時候了，而早就已經嘗試用輕巧的羅綺去製造輕細的鉄衣呢！

園林還未肯接受俗稱為「清和月」的四月啊！人們都在牡丹坡飲酒至醉。且讓我們高聲歌唱，痛快訴說平生之事吧！我問東風，結果又如何呢？燕子已飛到尋常人家居住的窄巷小路了。暢飲之際，不要唱《西河長命女》一類的悲歌啊！

六 | 祝英臺近

（與草窗話舊。）

水痕深，花信足，寂寞漢南樹。回首青陰，
芳事頓如許。不知多少銷魂，夜來風雨。猶
夢到、斷紅流處。

最無據。長年息影空山，愁入庾郎句。玉老
田荒，心事已遲暮。幾回聽得鶗鴂，不如歸
去。終不似、舊時鸚鵡。

水流很深;而每個季節花開花落,故花信風是足夠的。生長在漢南的樹木多寂寞啊!轉首之間,眼前一片清陰;美好的事,突然之間會變成這個樣子!風雨在晚上來臨,又不知多少人的魂魄為之消失了!他們做夢,仍然去到掉落的紅花所流到的地方。

可是,這些畢竟是最無法證實的。我終年在空無人跡的山野閒居,滿懷愁緒,只好如南北朝文學家庾信一般,把它寫入詞賦裏而已。玉石已衰老,田地已荒涼,我的心事亦已進入晚境了!我不少次聽到杜鵑的叫聲,好像叫我不如歸去。但,歸去之後又如何呢?始終都不似舊時的鸚鵡那麼親切,可以彼此談話呢!

七 | 探芳信

（西湖春感，寄草窗。）

坐清晝。正冶思縈花，餘酲倦酒。甚探芳人
老，芳心尚如舊。銷魂忍説銅駝事，不是因
春瘦。向西園、竹埽頹垣，蔓羅荒甃。

風雨夜來驟。歎歌冷鶯簾，恨凝蛾岫。愁到
今年，多似去年否？賦情懶聽山陽笛，目極
空搔首。我何堪、老卻江潭漢柳。

在白晝裏我清閒地坐着。這正是艷冶之思縈繞着
花兒和因醉意殘存而對酒厭倦的時候！為甚麼採
摘美好事物的人，就算年紀老邁，他的採芳的心
境仍然如舊日一般呢？我不忍說標識着晉代國勢
由盛至衰的洛陽宮門銅駝的哀傷事，因為這會令
我感觸太深，以致魂離軀體！這自然不是因為傷
春而消瘦啊！我走向西園，拿起竹枝，清掃那頹
敗的垣牆和佈滿着蔓草的荒廢井壁。

晚上送來了急風和驟雨！我慨歎，可以聽到鶯聲
的簾幕旁邊已沒有人唱歌了，冷清清的；而怨恨
卻凝聚在遠山般的蛾眉上。愁怨到了今年，是否
一如去年的多呢？為了賦詠此刻情懷，我已懶得
去聽仿似晉朝向秀為懷念故友的山陽笛聲了，以
免傷感。我極目而望，徒然搔首踟躕而已！江潭
的漢水之柳樹已蒼老了，我如何可以忍受得這種
情況呢？

八 | 淒涼犯

（北游道中寄懷。）

蕭疏野柳嘶寒馬，蘆花深見游獵。山勢北來，
甚時曾到，醉魂飛越。酸風自咽。擁吟鼻、
征衣暗裂。正淒迷、天涯羈旅，不似灞橋雪。

誰念文園老，嬾賦《長楊》，倦懷休說。空憐
斷梗，夢依依、歲華輕別。待擊歌壺，怕如
意、和冰凍折。且行行、平沙萬里盡是月。

我騎着的寒酸瘦馬，在蕭條疏落的野生柳樹之下嘶叫。遠望蘆花叢中的深暗處，我看見有人冶遊或打獵。山勢從北方延伸過來，很熟識啊！我甚麼時候曾經到過呢？我的心魂被它陶醉了，即時便想飛到那裏去！淒酸的北風自動地發出悲鳴聲。我掩蓋着鼻子，漫聲吟詠，可是我的征衣已因天氣太嚴寒而不知不覺地破裂了！我這個長期寄居他鄉的遊子，此際遠在天涯，正當眼前景色淒迷的時候，深深感覺到，絕對不似當年在灞橋，雪雨紛飛之下，餞別的情況啊！

我就像漢代的司馬相如，現在已經垂垂老矣，誰人會想念我呢？我也懶得去賦詠西漢辭賦家揚雄的《長楊賦》了。我的心情很疲倦，不再細說了。我自憐客子漂流無定，如折斷的枝梗，但這只是徒然而已。我就算做夢，仍然是對昔日之事依依不捨的。可惜，當時卻那麼輕率便與朋友話別，荒廢了大好光陰！讓我慷慨高歌，敲擊唾壺吧，但又恐怕手中的如意跟冰塊一樣因寒冷而折斷呢！姑且行行重行行，只見平沙萬里，都盡在明月朗照之中！

九 | 燭影搖紅

（西浙冬春間，遊事之盛，惟杭為然。余冉冉老矣，始復歸杭，與二三友行歌雲舞繡中，亦清時之可樂，以詞寫之。）

舟艤鷗波，訪鄰尋里愁都散。老來猶似柳風流，先露看花眼。閒把花枝試揀。笑盈盈、和香待翦。也應回首，紫曲門荒，當年遊慣。

簫鼓黃昏，動人心處情無限。錦街不甚月明多，早已驕塵滿。繞過風柔夜暖。漸迤邐、芳程遞趲。向西湖去，鄰里人家，依然鶯燕。

我的小舟停泊在海鷗出沒的水邊。我到處訪鄰尋里，滿懷希望，故此所有愁緒都消散了！雖然年紀已老邁，但我仍然好似楊柳般風流啊，而首先是露出看花之眼呢！我悠閒地嘗試選擇我喜愛的花枝。我滿心歡喜，在充滿花香之中，待我把它剪下來吧。這個時候，也應該回顧，當年我習慣常去的紫曲 —— 那妓女所居的坊曲，相信到了現時已門庭荒涼了！

簫鼓喧天，一直到黃昏呢。激動人心的地方是使人留下無限感情之處啊！繁華富麗的街道，雖只有初升月色，還未到深夜，但早已囂塵滿途了！剛剛經過春風柔和夜間溫暖的地方，漸漸地轉入連延不斷的美好旅程。真的要快趕路了！我向着西湖走去，那裏的人家，應該仍然如舊日一般，有如鶯似燕的佳麗存在呢！

甘州

（庚寅歲，沈堯道同余北歸，各處杭越。踰年，堯道來問寂寞，語笑數日，又復別去。賦此，並寄趙學舟。）

記玉關、踏雪事清游。寒氣敝貂裘。傍枯林古道，長河飲馬，此意悠悠。短夢依然江表，老淚灑西州。一字無題處，落葉都愁。

載取白雲歸去，問誰留楚佩，弄影中洲。折蘆花贈遠，零落一身秋。向尋常、野橋流水，待招來、不是舊沙鷗。空懷感、有斜陽處，最怕登樓。

我還記得在玉門關踏着霜雪作清閒遊覽的事。當時天氣嚴寒，我們穿着的貂裘亦被損壞了！我們依傍着滿佈枯林的古道而行，又跑到黃河岸邊讓馬兒飲水。現時這些意興已經很渺遠了！往日的事情如做夢一般，很快便成過去。我猛然醒覺，自己仍舊在長河以南地區。這令我很傷心，以致淚灑杭州！我找不到地方題字，連題一個字的空間也沒有，只見落葉紛飛，真令我愁緒滿懷呢！

你如今攀摘白雲，把它帶回去了。這樣，試問還有誰人會留下楚國的玉佩，在中洲顧影自憐呢？我只好折取一枝蘆花，贈給你這個捨我而遠去的朋友。我頓時覺得形單影隻，衰謝得如秋天一般！向着尋常的荒野橋樑和逝流的河水，我招喚沙鷗，可是等到的並不是舊日我熟識的沙鷗啊！我滿懷感慨，但又有何用呢！有斜陽映照的地方本來是很美麗的，但我就是最怕在這個時候登上高樓！

瀟瀟雨

（泛江有懷袁通父、唐月心。）

空山彈古瑟，搊長流、洗耳復誰聽。倚闌干
不語，江潭樹老，風挾波鳴。愁裏不須嗁鴂，
花落石牀平。歲月鷗前夢，耿耿離情。

記得相逢竹外，看詞源倒瀉，一雪塵纓。笑
戞戞呼酒，飛雨夜舟行。又天涯、飄零如此，
掩閒門、得似晉人清。相思恨、趁楊花去，
錯到長亭。

玉田詞

語
譯

在空寂的山中我曾經彈奏古瑟，可惜人們都不愛聽，而以兩手承取長流之水洗耳。現在更有誰喜歡聽呢？我倚憑着欄杆，不言不語。看見江潭的樹木已經衰老，又因風挾持着波濤，聽見它發出悲鳴之聲！我整個人都已浸沉在哀愁裏，更不須鳩鳥的啼聲把我喚醒呢！只無聊地看着花掉落在平滑的石牀上而已。做夢於白鷗之前，讓我過了不少日子，但對於離別之情仍然是耿耿於懷的。

我記得，我們曾經在竹林外相逢。看啊，你們才高學博，寫文章好似唐代大詩人杜甫讚揚人的文章詞采豐贍，如「倒流三峽水」；頭上染滿塵埃的纓冠一下子便如雪洗過一般的乾淨了！我們匆匆地暢飲之後，我冒着如飛的疾雨，連夜便乘船離開了。此情此景，我只有苦笑而已！我又一次如此孤單無援地作客天邊了！我關掩着閒置的門戶，好似晉代的名士隱逸一般。我對你們的深切思念已變成一種恨事了，希望趁着楊花飛去，不覺意地飛到我們曾經分手的地方 —— 長亭呢！

聲聲慢

（送琴友季靜軒歸杭。）

荷衣消翠，蕙帶餘香，鐙前共語生平。苦竹
黃蘆，都是夢裏游情。西湖幾番夜雨，怕如
今、冷卻鷗盟。倩寄遠、見故人説道，杜老
飄零。

難挽清風飛佩，有相思都在，斷柳長汀。此
別何如，一笑寫入秋聲。天空水雲變色，
任惜惜、山鬼愁聽。興未已，更何妨、彈到
《廣陵》。

荷衣的翠綠色已經消失了，但草帶的香氣還遺留下來。我們曾在燈前一起談話，訴說生平。苦澀的修竹和枯黃的蘆草，都是我在夢裏所見到的旅遊情境呢！在西湖裏，我經過多少次的夜雨啊，恐怕到了現時，我與沙鷗的隱居盟約已經冷卻了！我請人為我將此時的心意遠寄給朋友，因為聽説，他現時的情況好像唐代的大詩人杜甫一般，到處流浪呢！

我覺得，很難把如清風的你和名貴的玉佩挽留下來，但我對你的感情是真摯的。這樣，唯有將這點真情寄託在水邊平地上的殘斷柳樹吧！此次分別之後，我們將會怎樣呢？想到這裏，我只好一笑置之，同時將我的感觸通過瑤琴表達出來而已。此時，天空和水雲都受到感動，為之變色了！就任琴聲幽寂吧，因為就算山鬼聽到也會憂愁起來呢！但，我的興致還未完盡啊，這樣，更何妨彈到東漢末年流行於廣陵（今江蘇揚州）的樂曲《廣陵散》而後才終止呢？

荷花

無邊香色。記涉江自采，錦機雲密。翦翦紅
衣，學舞波心舊曾識。一見依然似語，流水
遠、幾回空憶。動倒影、取次窺妝，玉潤露
痕溼。

閒立。翠屏側。愛向人弄芳，背酣斜日。料
應太液。三十六宮土花碧。清興淩風更爽，
無數滿汀洲如昔。汎片葉、煙浪裏，臥橫
紫笛。

無邊無際的香和色啊！我記得，當日獨自徒行渡水採摘豔麗如機織雲錦的荷花。我曾經見過，她們穿着整齊的紅衣在水中央學習舞蹈！一見到她們的時候，她們如昔日一般依然好似要跟我說話。現時流水已經去到頗遠的地方了，事過境遷，我只好多次回憶而已，但又有甚麼結果呢？當我們發覺她們的倒影移動之時，窺看她們的妝扮，便會發現她們如美玉一般潤澤，好像被露水沾濕過一般呢！

她們優閒地站立在翠屏的旁邊，喜歡向別人賣弄芳姿，樂於長久地背着落日斜暉。我料想，此時的太液池和三十六宮已長滿了苔蘚，碧綠照眼，再沒有荷花了！清風凌空而來，清雅的荷花更為神氣爽朗了！她們如昔日一般無量數地滿佈着汀洲！如果我可以坐在一片荷葉上浮蕩，置身於煙霧和波浪之中，更橫臥在荷葉上吹我的紫笛，那多寫意啊！

長亭怨

舊居有感

望花外、小橋流水，門巷惝惝，玉簫聲絕。鶴去臺空，佩環何處、弄明月。十年前事愁千折，心情頓別。露粉風香，誰為主、都成消歇。

淒咽。小窗分袂處，同把帶鴛親結。江空歲晚，便忘了、尊前曾說。恨西風、不庇寒蟬，便埽盡一林殘葉。謝楊柳多情，還有綠陰時節。

語
譯

我遙望花叢外,看見小橋和流水。那處的門巷頗
為幽靜,絕對沒有玉簫之聲。人已乘黃鶴離去
了,樓臺已空無一人!歸來的人雖然帶着滿身環
佩,可是她應該在何處明月之下搔首弄姿呢?這
是十年前的事了,我的愁怨千曲百折,以致現時
的心情頓然不同了。在風露中慣常散發出香粉的
花木,到了這個時候,誰為它們作主呢?它們都
已凋殘停歇了!

真是淒涼到説不出話來啊!昔日我們在小窗之前
分手的時候,雙方同結鴛鴦帶。現在江水空寂,
年近歲晚,使到我忘記了當時餞別之際曾經説過
的話了。我怨恨西風,它不庇護寒蟬,竟然將一
林的殘葉掃落淨盡!不過,我卻要多謝楊柳仍然
多情,因為它們還有綠樹成蔭而可供寒蟬棲宿的
時候。

十五 | 長亭怨

（歲庚寅，會吳鞠泉于燕薊。越八年，再會于甬東。未幾別去，將復之北，遂作此曲。）

記橫笛、玉關高處。萬里沙寒，雪深無路。破卻貂裘，遠游歸後，與誰譜。故人何許。渾忘了、江南舊雨。不擬重逢，應笑我、飄零如羽。

同去。釣珊瑚海樹。底事又成行旅。煙篷斷浦。更幾點、戀人飛絮。如今又、京洛尋春，定應被、薔花留住。且莫把孤愁，說與當時歌舞。

語
譯

我記得在玉門關的高處吹橫笛的情景！那裏寒沙漠漠，延展到萬里之遙；而雪下得很深，路徑也被遮蔽到看不見了。我身上的貂裘也為寒冷的天氣所凍裂呢！我們遠遊各自歸去之後，我可以與誰唱和呢？我的朋友，你現時在甚麼地方啊？你一定完全忘記了你在江南的友人了。想不到，現時我們又重逢了！此時你應該笑我，到處漂流不定，如飛鳥一般。

我們已約定一同去釣取海裏的珊瑚樹的，但，到底為了甚麼，又將去別處呢？我此際在煙霧裏的小篷船中，靠着斷斷續續的水浦航行，有幾點飛絮向我飄下來，好像捨不得我離去呢！你如今又往京城找尋美如春天的事了，一定為紫薇花所留住呢！如果真是如此的話，姑且不要把孤獨哀愁的事告訴當時與你一起唱歌和跳舞的人士啊！

西子妝

（吳夢窗自製此曲。余喜其聲調妍雅，久欲述
之而未能。甲午春寓羅江，與羅景良野游江
上，綠陰芳草，景況離離，因填此解。惜舊
譜零落，不能倚聲而歌也。）

白浪搖天，青陰漲地，一片野懷幽意。楊花
點點是春心，替風前、萬花吹淚。殘山賸水。
有誰識、朝來清氣。自沈吟、甚流光輕擲，
繁華如此。

斜陽外。隱約孤邨，隔塢聞門閉。漁舟何似
莫歸來，想桃源、路通人世。危橋靜倚。千
年事、都消一醉。慢依依，愁落鵑聲萬里。

語譯

白浪滔滔，搖動天際；綠蔭如水，好似地面也漲起來了！一片野逸的興致和清幽之意趣啊！點點楊花都代表春天的心意。它們在春風之中，萬花之前飛舞，好像替萬花吹出眼淚一般呢！滿眼是殘破的山巒和賸餘的流水。但，誰人會領略到它們散發着朝早清新的氣息呢！我獨自低吟。為甚麼時光那麼容易便過去了？可能是，世間如此繁華，吸引太多，以致令我們沒有注意到吧。

斜陽那邊，孤零零的村莊隱約可見。我在這裏隔着山塢而閒居，將門也關起來了。那些漁舟去了何處呢？它們仍沒有回來。料想是，人間有路可通到桃源去呢！我在高橋上閒靜地倚靠着。千年的事，只要我一回醉酒，便消逝得無影無蹤了！我隨意地在那裏留戀着，不忍離去，可是我的愁思卻落入杜鵑聲中，被風吹到萬里之外那麼遠呢！

瑣窗寒

（王碧山，越人也。能文工詞，琢語峭拔，有
白石意度，今絕響矣。予悼之玉笥山。）

斷碧分山，空簾賸月，故人天外。香留酒斝，
蝴蝶一生花裏。想如今、醉魂未醒，夜臺
夢語秋聲碎。自中仙去後，詞賤賦筆，便無
清致。

都是。淒涼意。悵玉笥埋雲，錦袍歸水，形
容顦顇。料也孤吟《山鬼》。郵知人、彈折素
絃，黃金鑄出相思淚。但柳枝、門掩枯陰，
候蛩愁暗葦。

語譯

在碧綠色斷截之處，山勢分開了。透過空虛寂寞的簾幕，可以看見一片殘月。這時我昔日的朋友已在天外了！他曾為香氣所留，又曾為美酒所困，故此一生都像蝴蝶一般活在花叢裏。我想，此際他的醉酒的魂魄仍未醒過來呢！他一定在墳墓裏做夢，且胡言亂語，好像秋天的蟲聲一般，零零碎碎。自從中仙（王碧山）謝世之後，詞和賦這兩種文字創作，便沒有情趣了！

現時有的，只是淒涼之意興而已。當我想到，玉笥山為雲層所埋葬，官錦袍已沉到水裏去，而他的形容憔悴如斯的時候，我是多麼惆悵不安啊！我料想，這是他孤零零地吟誦戰國時期偉大的愛國詩人屈原所作祭祀山神的《山鬼》篇的時候了。我怎可以知道，他將素弦彈斷之時，又能夠用黃金那麼美麗的言語鑄造出相思之淚呢？但，此刻我可以看見的是，我的門戶為枯萎和陰暗的柳條所遮掩；可以聽到的是，蟋蟀之類的候蟲在幽暗的蘆草叢中發出哀愁之叫聲而已！

國香

（沈梅嬌，杭妓也。忽于京都見之，把酒相勞
苦，猶能歌周清真《意難忘》、《臺城路》二
曲。因屬余記其事。詞成，以羅帕書之。）

鶯柳煙隄。記未吟青子，曾比紅兒。嫻嬌弄
春微透，鬌翠雙垂。不道留仙不住，便無夢、
吹到南枝。相看兩流落，掩面凝羞，怕説
當時。

淒涼歌楚調，嫋餘音不放，一朵雲飛。丁香
枝上，幾度款語深期。拜了花梢澹月，最難
忘弄影牽衣。無端動人處，過了黃昏，猶道
休歸。

帶有黃鶯、翠柳和煙鎖的堤岸啊！我還記得，未為青色的梅子吟詠之時，已經為如今的「紅兒」——沈梅嬌女士賦詩了。她在春色之中賣弄風姿，微微地透露出她的文靜嬌媚。看啊，她的美如翠玉的鬟髻一雙，更輕輕地垂下來呢！不去説挽留不住她這個如仙女般美麗的人兒了，我連飄到南方的夢也沒有做呢！我們兩人面面相覷，深感彼此都是流落他鄉的人。她羞愧凝面，因而以雙手遮掩着臉，更怕説起當時的情況。

她淒涼地歌唱楚地的曲調，餘音悠揚不斷，美得如一朵孤雲飛上天際！在丁香花叢中，她好幾次誠懇地對我吐露心聲，深深的期待着與我再度見面。我們互相對着掛在花梢的淡月下拜。最難忘懷的是，她牽着我的衣服時的美態 —— 真是美如影子般啊！那時已過了黃昏，開始入夜了，但她仍然對我説：「不要歸去啊！」當時的情景多麼動人啊！但又多麼不合情理呢！

新雁過妝樓

賦鞠

風雨不來，深院悄，清事正滿東籬。杖藜重
到，秋氣冉冉吹衣。瘦碧飄蕭搖露梗，膩黃
秀野拂霜枝。憶芳時。翠微喚酒，江雁初飛。

湘潭無人弔楚，歎落英自采，誰寄相思。澹
泊生涯，聊伴老圃斜暉。寒香應徧故里，想
鶴怨山空猶未歸。歸何晚，問逕松不語，只
有花知。

這個時候，風雨已經不再來臨了。在幽深的庭院裏是靜悄悄的一片，而清雅之事 —— 菊花盛開正充滿東邊的籬笆！我執着藜木造的手杖重來此地，當時秋天的爽氣慢慢地吹在我的衣上。在沾滿露水的梗莖上，淒苦的碧綠色的樹葉在風中飄搖，蕭蕭作響；而肥潤黃色的花朵秀雅野逸，生長在高可拂去霜雪的枝頭上面。我回憶往日的美好時刻。當日在山坡上與客人把酒暢飲，看見江水上的雁兒剛剛飛起來呢！

湘潭這地方已經沒有人憑吊楚人屈原了！我慨歎，獨自地採集落花之後，我的相思之情應該寄給誰人呢？我過着清淡恬靜的生活，姑且在古舊的園圃裏伴着夕陽殘照而已！這時菊花散發的寒香應該遍佈故里了，但我料想「昔人已乘黃鶴去」而遺恨不已，故雖然山中無人，但他仍然未歸來呢！就算他終於回來了，但，為甚麼這麼晚呢？我向山徑旁邊的松樹提出這一問，可是它們沒有回答，因為只有菊花知道箇中原因。

月下笛

（孤游萬竹山中，閉門落葉，愁思黯然，因動
《黍離》之感，時寓甬東積翠山舍。）

萬里孤雲，清游漸遠，故人何處。寒窗夢裏，
曾記經行舊時路。連昌約略無多柳，第一是、
難聽夜雨。慢驚回淒悄，相看燭影，擁衾
誰語。

張緒。歸何暮。半零落依依，斷橋鷗鷺。天
涯倦旅。此時心事良苦。只愁重灑西州淚，
問杜曲、人家在否？恐翠袖正天寒，猶倚梅
花那樹。

我如飄浮萬里的孤雲一般，無拘無束地逐漸遠去了！此刻我想到我的朋友，但他現今在何處呢？在寒窗之前或在夢裏，我曾經記得舊時行過的路徑。我依稀還記得，連昌宮的柳樹是不多的；但，記得最清楚的是，聽到夜雨之時是最難耐的。我不經意地回首，那裏靜悄悄，淒涼得很，真使我驚心啊！我只能和燭影相對，獨抱寒衾，還可以與誰人談話呢？

我想起了昔日的張緒 —— 那南齊為武帝所見愛的風流人物啊！為甚麼他這麼晚才返故鄉呢？那裏到處都差不多凋萎衰謝。那可憐的情況，連斷橋上的鷗鷺也不忍離去呢！我留落在遠方，度過了令人厭倦的旅程。此時的心事真是很苦的啊！我唯一愁的是，經過西州而再次灑淚而已！試問杜曲一地，那處達官貴人的邸宅還在嗎？恐怕穿着翠綠色衣裳的美人兒，正在這天氣寒冷之時，仍然倚靠着那棵梅花樹而站立着呢！

壺中天

夜渡古黃河

揚舲萬里，笑當年、底事中分南北。須信
平生無夢到，卻向而今游歷。老柳官河，斜
陽古道，風定波猶直。野人驚問，汎槎何處
狂客。

迎面落葉蕭蕭，水流沙遠，極目無行迹。衰
草淒迷秋更綠，惟有閒鷗獨立。浪拍天浮，
山邀雲去，銀浦橫空碧。扣舷歌斷，海蟾飛
上孤白。

語
譯

小船揚帆開行了，駛向萬里的遠方！當年的世事，以黃河為界，把神州分為南北兩半，現在看來，只值一笑而已。我確信，平生就算做夢都不到的地方，而今卻到那裏遊覽呢！種在官家河道兩旁的柳樹已經衰殘了，斜照的陽光滿鋪古老的道路；風亦已平息，水波不興，只呈現一條直線而已！山野的人驚訝地問，乘船的人到底是從那裏來的狂客呢？

蕭蕭落葉迎面而來，水流與沙岸同樣展延到很遠，但都看不見有行人的蹤跡。在景色淒迷之中，衰敗的草叢雖在秋天，卻呈現得比其他季節更為翠綠呢！我看見那裏孤零零地站立着一隻閒鷗。波濤湧起來了，其力量之大，好似將天空浮起；流雲都飄到山丘去了，其情況真似被山丘邀請過去一般。銀色的天河橫陳在碧空之中啊！我敲擊着船幫高歌，但現在已經停止了，只看見海面上的月亮升起，散發出一片獨特而清冷的白光。

高陽臺

西湖春感

接葉巢鶯，平波卷絮，斷橋斜日歸船。能幾番游，看花又是明年。東風且伴薔薇住，到薔薇春已堪憐。更悽然。萬綠西泠，一抹荒煙。

當年燕子知何處，但苔深韋曲，草暗斜川。見說新愁，如今也到鷗邊。無心再續笙歌夢，掩重門淺醉閒眠。莫開簾。怕見飛花，怕聽啼鵑。

語

譯

在密集的葉叢裏，黃鶯築巢。在平靜的水面上，飛絮被風捲起。斜陽夕照，船隻向着破舊的橋樑歸航。還能夠有多少次的遊覽呢？相信要觀賞春花，又要等待明年了！東風啊，你姑且暫時不要離開，留下來陪伴薔薇花吧。但可惜的是，花開到薔薇之時，春天已差不多過去了，是十分值得我們憐惜的。更令人心傷的是，平時到處都被綠叢包圍着的西泠，現時只見一片荒涼的煙霧而已！

當年的燕子，不知道牠們去了哪裏？我只能見到達官貴人居住的地方長滿了茂密的苔蘚，而隱居之人的處所又堆滿了幽暗的野草。聽說，新來的愁緒，至今時今日，已經延展到白鷗那邊去了。我真的沒有心情再繼續做那笙歌享樂的迷夢了，我只有關鎖重重疊疊的門戶，輕淺地飲酒和閒適地睡覺而已。不要將簾幕拉開啊，因為我怕見到飛落的花絮，又怕聽到杜鵑鳥的叫聲！

渡江雲

（山陰久客，一再逢春，回憶西湖，渺然愁思。）

山空天入海，倚樓望極，風急暮潮初。一簾鳩外雨，幾處閒田，隔水動春鉏。新煙禁柳，想如今、綠到西湖。猶記得、當年深隱，門掩兩三株。

愁余。荒洲古溆，斷梗疏萍，更飄流何處。空自覺、圍羞帶減，影怯鐙孤。常疑即見桃花面，甚近來、翻致無書。書縱遠，如何夢也都無。

語譯

山色空明，青天接海！我倚憑着高樓，極目而望。風正急吹，暮潮也剛剛到來呢！在鳩居透簾外望，天正下着雨。我看見隔水那邊的幾處田野，沒有多少活動，只有幾隻白鷺來來往往。現在已經過了寒食節，不再禁煙了，更不用以柳枝插在門上了，一切都已回復正常。我想，這個時候西湖一帶已經綠遍了！我仍然記得，當年幽深隱居之時，門前是被兩三株樹遮蔽住的。

我很哀愁啊！遠望是一片荒涼的沙洲和古老的水浦。那些折斷了的枝梗和疏落的浮萍，究竟漂流到甚麼地方去呢？我自己覺得，腰圍消瘦，羞愧不已，腰帶亦因此沒有多少剩餘可用了。對着孤燈，我看着自己的身影，驚怯起來！但，這又如何呢？我常常幻想着，隨時都可以看到如桃花美貌的人兒，但，為甚麼近來連書信都沒有呢？書信雖然要從遠處而來，但，是甚麼緣故，連做夢都見不到她呢？

渡江雲

（次趙元父韻。）

錦香繚遶地，深鐙挂壁，簾影浪花斜。酒船
歸去後，轉首河橋，郵處認紋紗。重盟鏡約，
還記得、前度秦嘉。惟只有、葉題堪寄，流
不到天涯。

驚嗟。十年心事，幾曲闌干，想蕭孃聲價。
閒過了、黃昏時候，疏柳嘶鴉。浦潮夜湧平
沙白，問斷鴻、知落誰家。書又遠，空江片
月蘆花。

錦繡溫香的地氈環繞鋪在地上，晚燈在牆壁上高掛，簾幕斜斜地垂下來，如浪花般飄動。自從載酒之船歸去後，在河橋一別，轉頭我便走到那處我熟識的有花紋紗窗的地方。我們重新訂盟約 —— 如南北朝時期陳太子舍人徐德言和樂昌公主一般的「鏡約」。我還記得，以前漢代秦嘉和其妻徐淑的恩愛佳話。但，現時我唯有在紅葉上題詩，希望寄給我的心上人而已！可惜，這片紅葉卻流不到天涯那麼遠呢！

我吃驚和慨歎啊！這點心事已有十年了！我憑倚在曲折的欄杆上，推想一下現在我的「蕭娘」是何等聲價呢？這樣便輕易地錯過了黃昏時候。此時我聽到的只是在疏柳裏晚鴉的啼聲而已。看着水浦的浪潮在晚間湧上白色平沙的時候，我疑問，失散的鴻雁，現在去到哪戶人家呢？我想寄信給我的心上人，但她實在離開我太遠了！此刻眼前所見，只有空寂的江水，一片皎月和一叢蘆花而已！

木蘭花慢

（舟中有懷澄江陸起潛皆山樓昔游。）

水痕吹杏雨，正人在，隔江船。看燕集深蕪，漁樓暗竹，溼影浮煙。餘寒尚猶戀柳，怕東風、未肯擘晴綿。愁重遣教醉醒，夢長催得詩圓。

樓前。笑語當年。情款密，思留連。記白月依弦，青天墮酒，衰衰山川。垂鬟至今在否，倚飛臺、誰擲買花錢。不是尋春較晚，都緣聽得嗁鵑。

語
譯

杏花時節的雨點紛紛灑在江水上，現出了不尋常的水痕，像風吹過水面一般。這個時候，我正在江水那邊的船隻上。看啊，燕子聚集在深暗的綠草上，游魚棲隱在幽暗竹枝下的水中，而一切濕潤的物影上面浮起了一片煙霧。餘剩的寒氣仍然依戀着柳樹，恐怕東風尚未肯將晴天中的柳綿吹裂而散開呢！我的愁緒很重，以致令到我醉後醒來頗遲。我睡得很濃，做了一個長夢，因而寫了一些詩篇！

當年，在樓臺的前面，我們笑語盈盈。那時的情意款洽親密，只一心想着留下來！我記得在明朗的月色下彈琴，在青天之下飲酒，四周都是山巒和滾滾流水！當時我見過那垂下鬢髻的女士，現時還在嗎？倚憑着伸出天際的樓臺，而今有誰拋擲買花錢呢？不是我因為尋覓春花而歸來較晚，只是由於我聽到杜鵑啼叫，着了迷而忘返呢！

真珠簾

近雅軒即事

雲深別有深庭宇。小簾櫳，占取芳菲多處。
花暗曲房春，潤幾番酥雨。見説蘇隄晴未穩，
便懶趁、踏青人去。休去。且料理琴書，夷
猶今古。

誰見靜裏閒心，縱荷衣未茸，雪巢堪賦。醉
醒一乾坤，任此情何許。茂樹石牀同坐久，
又卻被、清風留住。欲住。奈簾影妝樓，翦
鐙人語。

白雲深處藏有不尋常而幽深的庭院屋宇。一座小小的掛着簾幕的房舍，已有多處種滿芬芳的花木。這房舍靠近曲水，被深暗的花叢圍繞着，充滿了春天的氣息，因為它曾經多次為春雨所潤澤過。聽見説，蘇堤一帶，晴朗的天氣還未穩定，故此我懶於趁着人家踏青而去那邊了。真的不要去啊，不如姑且彈琴讀書，議論一下古往今來的事吧！

誰人會明白我在清靜裏的悠閒心態呢？縱使我仍未累積隱士的衣服真正作為隱士，但雅致如昔日雪巢的近雅軒是值得我去賦詠的。醉裏和醒時的乾坤都是這麼一個而已，沒有分別的，就任由我的情懷隨意抒發吧！在茂密和石塊累積的樹林裏我們共坐頗久了，現時應該離去了，但清風送爽，又被它留住呢！我真想留下來不走啊，奈何在簾影間妝樓裏有佳人等着我，與她在燈下談心呢！

憶舊游

（新朋故侶，詩酒遲留，吳山蒼蒼，渺渺兮余懷也，寄沈堯道諸公。）

記開簾送酒，隔水懸鐙，款語梅邊。未了清游興，又飄然獨去，何處山川。澹風暗收榆莢，吹下沈郎錢。歎客裏光陰，消磨豔冶，都在尊前。

留連。殢人處，是鏡曲窺鶯，蘭沼圍泉。醉拂珊瑚樹，寫百年幽恨，分付吟箋。故鄉幾回飛夢，江雨夜涼船。縱忘卻歸期，千山未必無杜鵑。

我還記得,當日把簾幕拉開,互相對飲,酒過數巡的情況。我又記得,在隔水那邊將燈高掛,在梅邊樹下共訴款洽之言的時刻。清雅漫遊之意興仍未終結之時,我又如風一般飄走,獨自離去了。但,去到何處的山水之間呢?風淡淡的吹過,吹下了雅稱「沈郎錢」的榆樹果實,我卻暗地裏得到這些收穫啊!我慨歎,在他鄉作客的時光,消磨美豔冶遊的辦法,完全在於飲酒之中呢!

我留連不去。而今我滯留的情況是,在鏡曲觀賞黃鶯和在蘭阜圍着泉水,顧影自憐。我喝醉之時,就算名貴如珊瑚樹,我亦把它隨意地拂去。我將心中多少年來的不可告人的怨恨,全部都寫在詩牋上!我很多次在夢裏飛返故鄉,可是,實際上我仍然羈留在晚涼江雨中的船上呢!縱使我忘記了歸家的日期,但千山之中未必沒有杜鵑鳥提醒我,催促我歸去呢!

石州慢

（書所見，寄子野、公明。）

野色驚秋，隨意散愁，踏碎黃葉。誰家籬下，閒花似語，試妝嬌怯。行行步影，未教背寫腰肢，一搦猶立門前雪。依約鏡中春，又無端輕別。

癡絕。漢皋何處，解佩何人，底須情切。勾引東鄰，遺恨丁香空結。十年舊夢，慢餘恍惚雲窗，可憐不是當時婕。深夜醉醒來，但一庭風月。

語
譯

我看見秋天的郊外景色，內心觸動，近乎吃驚！我隨意地在黃葉上踏步，將它們踐碎，以解我的愁悶。呀，那是誰家籬笆院落的閒花呢？她在那裏試圖妝扮，又好似想跟我說話，但神態卻嬌羞膽小。她拖着漫步而行，我注意着她的身影。但從後面還未使我看清楚她的腰肢時，她的纖細身軀已經如雪那麼明晰地站在門前了！我和她的相遇彷彿如鏡中的春天那麼虛幻，無緣無故的又輕易分離了！

我真是癡情到絕頂啊！漢水岸邊的高地那處，為我解下佩玉的是甚麼人？這些都是關乎情之深切的事啊！我勾結而引誘東鄰的女士，以致引來固結不解的愁恨，如丁香花空結一般呢！這是十年前的舊夢了！其餘的事，在雲窗之前，恍恍惚惚，看不清楚了。最可憐的是，所見到的並不是當時出現過的如蝴蝶一般美麗的人兒呢！我醉酒了，在深夜醒來之時，只看見一庭風月而已。

南浦

春水

波暖綠粼粼，燕飛來，好是蘇隄纏曉。魚沒浪痕圓，流紅去，翻笑東風難埽。荒橋斷浦，柳陰撐出扁舟小。回首池塘青欲徧，絕似夢中芳草。

和雲流出空山，甚年年、淨洗花香不了。新綠乍生時，孤邨路、猶憶郎回曾到。餘情渺渺。茂林觴詠如今悄。前度劉郎歸去後，谿上碧桃多少。

水波溫暖翠綠，而且清澈。燕子飛來了！牠來得正好啊，因為蘇堤一帶剛剛破曉呢！魚兒被驚動了，趕快地在水中隱蔽起來，只剩下圓圓的浪痕浮動在水面。春水沖走了紅色的落花，它反笑東風沒有力量，不能將落花清掃。遠望去，只見荒棄的橋樑和斷斷續續的水濱。在那裏柳蔭之中撐出一扁小舟。我回頭張望，看見差不多整個池塘都呈現青綠色，絕對好似我夢中的芳草一般呢！

春水與浮雲一樣，都是從空山流出來的。但為甚麼它年復一年，永遠都清洗不去花草的香氣呢？新生的綠水突然間來臨的時候，我仍然記得那次曾經到過那條指向孤獨村莊的道路。以前在茂林裏互相暢飲的雅事，到如今已經靜下來了！可是，我餘情未了啊，雖然愈來愈減少，愈來愈遠離。在茂密的樹林中飲酒和詠詩之事，現時已沒有了，只是靜悄悄的。我如唐代的詩人劉禹錫一般歸去，但歸去後，可知溪上的碧桃花曾開過多少次呢？

春從天上來

（己亥春復回西湖，飲靜傳董高士樓，作此解，以寫我憂。）

海上回槎。認舊時鷗鷺，猶戀蒹葭。影散香消，水流雲在，疏樹十里寒沙。難問錢唐蘇小，都不見、擘竹分茶。更堪嗟。似荻花江上，誰弄琵琶。

煙霞。自延晚照，盡換了西林，窈窕紋紗。胡蝶飛來，不知是夢，猶疑春在鄰家。一掬幽懷難寫，春何處、春已天涯。減繁華。是山中杜宇，不是楊花。

我剛剛乘木筏從海上歸來。我認得舊時的鷗鷺仍然在蘆葦叢中留戀呢！人影已經離散了，香氣亦已消失了，只有湖水依然不斷地流，白雲仍舊安在，稀疏的樹木依然像往日一般在十里寒沙之上生長！已難向錢塘的蘇小小詢問，為甚麼現時已完全見不到破竹瀝水煎茶和鑒別茶乳幻變成圖形或字跡之事了！更堪嗟歎的是，在荻花江上有人彈奏琵琶，好似舊日一般呢！但，這個人是誰呢？

眼前遍是煙霧啊！這自然是晚照延長所致。西泠一帶屋宇的幽深美好花紋的窗紗好似完全換過一般！蝴蝶飛來的時候，不知道自己正在夢中，而仍然以為春色在鄰家呢！我的一把幽暗的情懷是難以描寫的。此刻春天在何處啊？春天已經去了天邊那麼遠了！繁華減退不少了，是因為那啼聲如說「不如歸去」的山中杜鵑鳥啊，而不是不斷飄落的楊花呢！

疏影

（余于庚寅歲北歸，與西湖諸友夜酌，因有感
于舊遊，寄周草窗。）

柳黃未結。放嫩晴、消盡斷橋殘雪。隔水人
家，渾是花陰，曾醉好春時節。輕車幾度西
泠曉，想如今、燕鶯猶説。縱豔游得似當年，
早是舊情都別。

重到翻疑夢醒，弄泉試照影，驚見華髮。卻
笑歸來，石老雲荒，身世飄然一葉。閉門約
住青山色，自容與、吟窗清絕。怕夜寒、吹
到梅花，休卷半簾明月。

語譯

這是楊柳尚未露出嫩黃芽葉的時候啊！但初晴已放，將斷橋的殘雪漸漸地消得淨盡了。隔水那邊的人家，都藏在花蔭之中，且曾經在美好春天的季節裏暢飲至醉呢！昔日我駕着輕小的車輛，曾經多次在天曉之時沿着新的堤岸遊覽。相信時至今日，那處的燕子和黃鶯仍然會提到這件事呢！縱使現時的冶豔之遊好像當年一樣，但是，舊日的情侶早已離開我了！

今日重到此地，反而疑惑是夢中之事，而此際夢已醒了！我跑到泉水旁邊，嘗試賣弄一下姿態，顧影自憐，卻驚見自己的頭髮已變得花白了！歸來之時，我看見石頭已蒼老，白雲已荒涼，而自己的身世好似飄零的一片樹葉，我只可苦笑而已。我將門戶關閉，但與青山之色早已訂約，把它留下來。獨自地，我安逸自得，在窗前吟詠，真是清雅到無與倫比呢！此際我恐怕的是，夜間的寒氣吹到梅花那邊，所以，不要將簾幕捲起啊 —— 就算半捲也不好，我怕見到明月照着那瑟縮在寒氣中的梅花呢！

綠意

荷葉

碧圓自潔。向淺洲遠渚，亭亭清絕。猶有遺簪，不展秋心，能卷幾多炎熱。鴛鴦密語同傾蓋，且莫與、浣紗人説。恐怨歌、忽斷花風，碎卻翠雲千疊。

回首當年漢舞，怕飛去謾皺，留仙裙褶。戀戀青衫，猶染枯香，還歎鬢絲飄雪。盤心清露如鉛水，又一夜西風吹折。喜靜看匹練秋光，倒瀉半湖明月。

語譯

碧綠色而圓形的荷葉本來就高潔啊！她們向淺近的沙洲和遙遠的土渚延展生長，清雅絕俗地聳立在那裏。在她們之間仍然有如天上仙女墜下的玉簪一般的含苞未放的荷花。如果她們不展開秋心的話，我擔心她們能夠捲走多少炎熱呢？她們同心協力地覆蓋着密語綿綿的鴛鴦，但這些事情卻不要對浣紗的女士說啊，恐妨她們的哀怨歌聲會忽然將花信風斷絕，引致千疊如翠雲的荷葉碎開一片片呢！

回想當年漢代趙飛燕舞蹈時發生過的美事。恐怕隨意地趕着去幫忙，而使「留仙裙」弄皺，生起褶紋呢！令人依戀不捨的青衫啊，它們仍然沾染着一點枯乾的香氣。可是，我此際只能慨歎鬢絲如飄雪一般的白了。她們如漢武帝建造的銅製仙人所捧的承露盤中心所積聚的清露，如鉛水那麼重啊，但一夜之間又被西風吹折了！我喜愛在寂靜中，觀賞明朗的月色倒映在半湖裏，這秋天的光輝真美得如一匹潔白的絲練呢！

霜葉飛

（悼澄江吳立齋。南塘、不礙雲山，皆其
亭名。）

故園空杳。霜風勁，南塘吹斷瑤草。已無清
氣礙雲山，奈此時懷抱。尚記得修門賦曉。
杜陵花竹歸來早。傍雅榭幽亭，慣款語英游，
好懷無限歡笑。

不見換羽移商，杏梁塵遠，可憐都付殘照。
坐中泣下最誰多，歎賞音人少。恨一夜梅花
頓老。今年因甚無詩到。待喚醒清魂起，說
與淒涼，定應愁了。

故園空寞沉寂啊！如霜冷的風勁吹，南塘裏的仙草都被吹斷了！此際雖已沒有清寒之氣妨礙雲山，但奈何此時之懷抱是那麼淒涼呢！我仍然記得戰國時宋玉為招喚屈原之魂而在郢城修門賦詠天破曉的情況。你又好似唐代的大詩人杜甫一般，早就回到自己種滿花竹的草堂了！你依傍着雅致的水榭和幽美的亭子，習慣與朋友款洽地暢談那些與眾不同的遊覽。你們的心情非常好，而引致無限歡笑呢！

現在已看不見換羽移商的曲調變化了。縱使以文杏木造的屋樑遠離塵埃，但可憐的是，它們都在夕陽殘照之中了！在座中誰人哭泣得最多呢？我慨歎，懂得欣賞音樂的人太少了！一夜之間梅花頓時衰老，我很惆悵啊！今年為甚麼寫不出詩來呢？待我將清魂喚醒，使它起來，向它訴說淒涼之事吧！這樣，它應該一定被愁殺了！

齛嬋娟

春感

舊家池沼。尋芳處,從教飛燕頻遶。一灣柳
護水房春,看鏡鸞窺曉。暈宿酒、雙蛾澹掃。
羅襦飄帶腰圍小。盡醉方歸去,又暗約、明
朝鬥草。誰解先到。

心緒亂若晴絲,郵回遊處,墜紅爭戀殘照。近
來心事漸無多,尚被鶯聲惱。便白髮、如今
縱少。情懷不似前時好。慢佇立、東風外,
愁極還醒,背花一笑。

眼前所見是舊時人家的池塘啊！這是我找尋美好
舊事的地方。燕子就是在這裏頻頻地環繞着飛來
飛去的。一灣的柳樹圍着臨水的房屋而生長，透
現出一片春意！天曉之時，她對着鸞鏡自照。但
因為隔宿酒意，她仍然有些不清醒，精神欠佳，
故此只是淡淡地描畫雙眉而已。她穿上羅衣，細
小的腰圍上佩着飄動的腰帶。她暢飲，直至完全
飲醉，然後歸家。同時，靜靜地約我，明天早上
一起以百草相賽而為戲，更説，不知道誰人會先
到呢！

我的心緒如晴日遊絲一般的凌亂啊！那一次我們
共同遊覽的地方，那些墜下來的紅花紛紛飛舞，
好似依依不捨地爭戀着夕陽殘照！近來的心事
實際上已漸漸沒有多少了，但仍然被鶯啼聲所煩
惱。就説白髮吧，縱然現時頗少，可是情懷便不
似以前那麼好了！我在東風外，隨意地站立着，
雖然憂愁到極點，但仍然是清醒的。我無可奈何
地背向落花，苦澀地一笑而已。

附錄

戈載「跋語」（節錄）

「玉田之詞，鄭所南稱其飄飄徵情，節節弄拍。仇山邨稱其意度超元，律呂協洽，是真詞家之正宗。填詞者必由此入手，方為雅音。玉田云：『詞欲雅而正。』『雅正』二字，示後人之津梁，即寫自家之面目。知此二字者，始可與論詞，始可與論玉田之詞。蓋世之詞家，動曰能學玉田，此易視乎玉田而云然者，不知玉田易學，而實難學。玉田以空靈為主，但學其空靈，而筆不轉深，則其意淺，非入于滑，即入于麤矣。玉田以婉麗為宗，但學其婉麗，而句不鍊精，則其音卑，非近于弱，即近于靡矣。故善學之，則得門而入，升其堂，造其室，即可與清真、白石、夢窗諸公互相鼓吹，否則浮光掠影，貌合神離，仍是門外漢而已。抑更有進焉者，善學古人，當取古人之是者學之。玉田誠不可不學，而有不可學之一端，則其用平上去三聲之韻

也。……韻有四呼、七音、三十一等，而其要則穿鼻、展輔、斂脣、抵齶、直喉、閉口六條。予《詞林正韻》例言中已詳言之。玉田則真、文、庚、青、侵雜用。真、文為抵齶韻，庚、青為穿鼻韻，侵為閉口韻。亦有寒、刪閒雜覃、鹽。寒、刪亦抵齶，覃、鹽亦閉口，皆斷不能通者。南宋詞人多不經意之作，取其便易，玉田亦未能免俗，此其不可學者也。」